箏服天下

上

風文創 1063

霜月 著

序文

霜月

春暖花開，陽光照在身上暖融融的，把家裡的神獸送進幼兒園後，整個人不由得輕快起來。閒來無事，泡杯花茶，找本想看很久的書，慢慢地讀一讀，享受難得的悠閒時光。

體會書中人物的悲歡離合，感嘆世事無常、造化弄人。明明皆是文韜武略的雄才，有人可以出人頭地、成就偉業，有人卻只能黯然興嘆、落敗而歸。

朋友總嘲笑我太感性，一本書罷了，哪來那麼多的感慨？不過是劇情需要，講述一個成王敗寇的故事罷了。再者，他們活了一輩子，不論勝敗，終究是波瀾壯闊的，也有過施展滿腹才華的機會，而你我這半生，過得還平平庸庸呢！

這話倒是不假，亂世出英雄，若是這些英豪們生在太平盛世，或許也都會成為芸芸眾生中的一員吧。

可思來想去，到底還是有些意難平。

小說可以說是虛構的故事，可真實的歷史呢？王朝更迭、政治鬥爭，數不盡的風流人物身處歷史的漩渦，他們奮力拚搏，結果卻不盡如人意，固然有許多人名垂青史，更多的卻是淹沒在茫茫洪流之中，只餘下一聲長嘆。

於是有了這套小說的誕生，想要彌補一下心中那份越發強烈的遺憾。

男主謝長風原本是一本小說裡的悲劇反派，雖然貴為一國之君，有一顆仁者之心，奈何群狼環伺，幾乎成了個傀儡皇帝，連皇后的人選都不能自己做主。

按照書中原本的走向，謝長風將被眾人一步一步逼到絕境，直至失望透頂、自暴自棄，徹底黑化為暴戾的君王，最終被人推翻皇位，又遭新帝囚禁，下場淒慘，令人唏噓。

還好原小說中身為砲灰貴妃的陸雲箏穿越而來，還隨身帶著基礎建設系統，利用系統提供的新奇物品、先進科技與完善的知識，陪謝長風一步一步扭轉劣勢，在朝堂漸漸站穩腳跟，用巨大的利益策反並掌控各方勢力，終成一位明君，開啟一代盛世的篇章。

謝長風有陸雲箏毫無保留的傾力相助，陸雲箏有謝長風用一生給予的願得一人心、白首不相離的人間真情，一切完美得讓人暈眩。

這套小說寄託了我內心的幻想和期待，也期待能為大家帶來美好而愉悅的閱讀體驗。

第一章　心有不甘

夏日炎炎，樹上的蟬鳴聲一陣高過一陣，吵得人耳鳴心慌，但在陸雲箏耳裡，這蟬鳴卻恍如天籟，將她從無邊的噩夢拉回人間。

「娘娘！您終於醒了！」白芷還來不及歡喜，就被自家主子眼底那濃得化不開的哀傷悲愁給嚇了一跳，下意識又喊了一聲。「娘娘？」

陸雲箏側過頭，看著面前紅著眼圈的丫鬟，一時有些恍惚。這是自幼跟在她身邊的侍女白芷，在夢裡，白芷為了救她慘遭毒手，年紀輕輕就香消玉殞。

「本宮沒事，莫哭。」陸雲箏閉了閉眼，斂去眼底的情緒。

此時其他人也終於回過神，整個寢宮都跟著活絡起來。

三日前，陸雲箏應皇后邀約前去賞荷，卻不知怎的掉進荷花池裡，受了驚嚇，一直昏迷不醒，如今可算是醒來了！

才三日嗎？她還以為過了一個世紀，畢竟夢裡發生的一切太過真實可怕，好似多活了一輩子似的。

等太醫來請過脈，確認身體無恙後，陸雲箏立刻準備沐浴。雖然只躺了三天，但夢裡的晦氣太重，得洗洗才好。

泡在湯池裡，陸雲箏舒服地喟嘆了一聲，合上眼，默默整理思緒。

原本是現代人的她，穿進了一本書裡，父親陸銘是當朝名儒，自己則是個美人胚子，等於贏在起跑點。加上六歲時在這世界與一個神奇的「系統」有了聯繫，能運用各種配方發揮自己的影響力，說是個人生贏家也不為過。

奈何，同在六歲那年，她碰巧救了當時身為皇子的謝長風，卻因此被刺客所傷，失去了記憶。失憶的這十年裡，她跟謝長風青梅竹馬、感情甚篤，於三年前大婚。

兩年前，先皇病逝，謝長風繼位稱帝，而她雖然不是皇后，卻是受謝長風獨寵的貴妃，這樣的際遇照理來說也夠令人稱羨了。

只不過……謝長風在書裡是個大反派！在未來的五年裡，他雖然貴為皇帝，卻一步一步被逼到絕境，最終黑化，被男、女主角裡應外合、推翻皇位，下場格外淒慘！

說實話，陸雲箏覺得這本書的價值觀很有問題。女主角是個心狠手辣的海王綠茶婊，魚塘裡養了成群的大魚，不上鈎的男人就毀掉，明明已經是後宮地位最高的人了，還轉頭跟著造反的男主角當上新朝的皇后！

那男主角用人不問出身、不看品行，而且小弟成群、女人成堆，唯一一個對他無感的人就是陸雲箏，最後遭他囚禁至死。

這樣的男人，就算有幸稱帝，豈會心懷百姓？這樣的女人，即便成為一國之母，又豈能母儀天下？

「娘娘，皇后娘娘來了。」白芷的聲音將陸雲箏喚回了現實中。

陸雲箏睜開雙眸，眼底一片寒光。「她倒是來得快。」

「皇上之前吩咐過，若是娘娘不願意，任何人來了都可回絕不見。」白芷問道：「娘娘要去嗎？」

「去，當然要去！」

在原文裡，陸雲箏心思單純，錯信了皇后這個極品綠茶的虛情假意，一次次幫她說情，甚至被利用都不自知，如今，也該讓皇后嚐嚐被婊的滋味了。

在資訊爆炸時代長大的，誰還不是個裝茶小能手呢？

呂靜嫻等了將近一炷香的工夫，才把陸雲箏給等出來，她不緊不慢地擱下茶盞，淡淡掃了一眼過去，面上的神情差點沒繃住。

眼前的人身形婀娜多姿，似乎剛剛沐浴而出，烏黑長髮帶著些許濕意，淡粉色的肌膚若凝脂般透亮；五官好似精心描摹過，柳眉之下，是一雙明眸杏眼，帶著點點水潤星光；唇角微微翹起，未語便帶了三分笑意，整個人顯得純真而美好。

京城有名的美人當中，呂靜嫻是排得上號的，奈何到了陸雲箏面前，卻生生被她對比成綠葉，從小到大皆是如此，教她如何甘心？

看到呂靜嫻眸中一閃而過的嫉恨，陸雲箏滿意得很，真是不枉她特地打扮了一番。

「教皇后娘娘久等了。」

呂靜嫻笑得溫婉大方，回道：「妹妹平安無事，真是萬幸！這幾日妹妹昏迷不醒，本宮亦是寢食難安。」

陸雲箏愧疚道：「都是臣妾的不是，勞您掛心了。」

「妳我是姊妹，何須如此客氣？況且，當日若非本宮邀約，妹妹也不至於遭逢這無妄之災。」

陸雲箏臉上微微掛著笑，並不接話。

呂靜嫻的笑容有些僵硬，又道：「那日，妹妹怎的突然就落水了呢？」

陸雲箏滿臉詫異地說：「您竟不知？」

「當日妹妹落水之後，本宮親自嚴查，在場眾人卻只道妹妹是自己跌落水中，唯有妹妹身邊的侍女，本宮尚未來得及詢問。」呂靜嫻說得一派真心實意。「如今妹妹既然醒了，不如將她們喚來，妳我一同問話？」

只見陸雲箏面露難色，欲言又止。

呂靜嫻關切地問道：「怎麼？」

陸雲箏看向白芷，白芷會過意，忙道：「回皇后娘娘，皇上三日前便審了奴婢幾個，也各有懲治，有兩位姊姊至今還不能出門。」

「既是如此，那便罷了。」呂靜嫻微微一頓，又道：「只是……不知可有查明妹妹落水的緣由？」

白芷這回不吭聲了。自家主子落水時她就在旁邊，確實是因為貴妃娘娘摘荷花的動作導致小船晃悠得厲害，一個沒站穩就掉下去了。當時她跟著栽進水裡，自己毫髮無損，貴妃娘娘卻昏迷不醒。

屋裡靜了片刻，陸雲箏才道：「既然皇上沒有追究，您也問過其他在場之人，那應當就是意外吧。」

是不是意外，妳自個兒心裡沒點數嗎？陸雲箏心想。

呂靜嫻今日過來，等的就是這句話，然而此時此刻，看著面前的人，她突然意識到，自己這趟怕是來錯了。

想到皇上很快就會過來，呂靜嫻萌生了退意，正想要離去，卻與仁壽宮的桂嬷嬷碰了個正著。

桂嬷嬷領了太后的旨意，帶著不少物品前來探望陸雲箏，太監唱了許久才唸完——人參鹿茸、雪蓮靈芝，甚至還有一顆夜明珠，那是呂靜嫻都眼熱的好東西！

只隨意帶了一支人參過來的呂靜嫻，覺得自己的臉皮被打得生疼。

還不等陸雲箏謝恩，外頭又傳來「皇上駕到」的唱聲。呂靜嫻心跳得有些快，既喜又憂，她躬身行禮，卻只等到一道明黃的身影與她擦身而過，連眼角的餘光都不曾給她。

謝長風顯然剛下朝就匆匆趕來了，朝服都沒換。他的長相隨生母煜太妃，俊美非常，好似精心雕刻的上等美玉，不苟言笑的時候，頗有幾分冷然的天然貴氣。

陸雲箏看著迎面走來的人，只見他俊朗有神、龍章鳳姿，不同於夢中那困獸般的落魄模樣，眼眶瞬間就紅了，晶瑩的淚珠漸漸蓄起，將墜不墜。

謝長風握住陸雲箏的手，目光在她臉上轉了一圈，問道：「怎的哭了？」

陸雲箏搖搖頭，努力忍下心頭的酸楚，回道：「不過幾日未見皇上，卻好似隔了一輩子之久。」

「朕一直都在。」謝長風安慰道。

陸雲箏抿著唇沒再出聲，縱有萬語千言，眼下她卻一個字都說不出口。

面前的人自幼嬌氣，謝長風也沒多想，拍拍她的手稍稍安撫，目光一掃道：「嬤嬤也在。」

桂嬤嬤笑道：「太后娘娘這幾日一直掛念著貴妃娘娘，聽聞貴妃娘娘醒了，忙遣老奴先來探望。」

「讓母后憂心了。」謝長風點頭道。

陸雲箏這才想起自己還沒謝恩，忙要行禮，卻被謝長風握住手不放。

桂嬤嬤是何等精明的人，忙說道：「貴妃娘娘不必多禮，養好身子才要緊！」

謝長風捏了捏陸雲箏的手道：「等養好了，再去母后跟前謝禮便是。」

桂嬤嬤笑著說：「是這個道理。」

「謝母后。」陸雲箏頷首道。

三人自顧自地說著話，像是誰都沒想起旁邊還有個人在，呂靜嫻垂頭躬身，捏著帕子的手指眼看就要戳破掌心。

陸雲箏輕輕扯了扯謝長風的袖子，朝呂靜嫻那邊示意了一下。

謝長風彷彿此時才看到她，說道：「皇后？」

呂靜嫻暗暗咬了咬牙，忍住雙腿的痠麻和內心的酸意，聲音四平八穩。「臣妾見過皇上。」

「皇后既然來了，不如說說當日是怎麼回事。」

呂靜嫻的胸口一窒，細細密密的疼痛蔓延開來。果然，陸雲箏一醒，謝長風就開始替她追究了！這事本就在預料之中，可親身驗證一遍，卻仍是止不住的心痛。這個男人的眼裡、心裡，永遠都只有陸雲箏一個人！

「當日妹妹見荷花開得嬌豔，想要親手摘給皇上，結果卻……」呂靜嫻露出懊惱之色道：「臣妾當時就該攔著妹妹的。」

陸雲箏也道：「皇上，臣妾落水只是個意外，皇后娘娘也不知情。」

「她邀人賞荷，旁人都沒事，唯獨妳落了水？」謝長風似是不滿意這個答案。

呂靜嫻幽幽道：「大家都只是賞荷而已，只有妹妹，心繫皇上，想要親自去摘荷花，這才不慎落水。」

陸雲箏低眉道：「皇后娘娘說得是，是臣妾自己任性，怪不得旁人。」

謝長風看向呂靜嫻，目光清冷道：「人是皇后邀的，船也是皇后備的，難辭其咎。」

「皇上！」陸雲箏語氣中帶了幾分嬌軟。「臣妾昏迷三日，本就牽累眾人憂心，如今能好端端地站在這裡，已屬萬幸，皇上就別再追究了。」

謝長風無奈地看了陸雲箏一會兒，才道：「依妳。」

呂靜嫻只覺一口血梗在喉頭，她倒是情願認了這失察之罪，總好過如此難堪！

看著呂靜嫻略顯匆忙地離開這裡的背影，陸雲箏只覺得心裡積累的鬱氣終於散了些許。

她心道：想要利用我的心善來洗白妳的名聲？作妳的春秋大夢去吧！毒婦就要有毒婦的自覺，心、肝、肺都黑成墨汁了，居然還妄想裝白蓮?!

桂嬤嬤將一切瞧在眼裡，眸中有著幾分洞悉情況的了然。

待閒雜人等都走了，謝長風就抱起陸雲箏往暖閣走，吩咐白芷道：「去請太醫過來。」

陸雲箏忙道：「陸大人剛剛來過了。」

「朕要親自聽他說。」

陸雲箏沒再吭聲，乖乖地靠在謝長風懷裡，貪戀著這份獨屬於她的溫柔。

「剛剛為何哭？皇后欺負妳了？」

呂靜嫻不在，陸雲箏自然不會再婊裡婊氣，只搖搖頭道：「她想讓我幫她解釋，但我不願意。」

與謝長風獨處時，陸雲箏總是用「我」代替「臣妾」這個自稱，這也是他們之間關係親暱的最好證明。

「不願意就罷了，若非她相邀，妳也不會落水。」似乎想起什麼，謝長風眼底閃過一絲厭惡道：「況且她本就不懷好意。」

談話間，兩人進入了暖閣，太醫陸北玄已經微喘著氣在那裡候著了。他是陸雲箏的堂弟，也是她信任的對象。

仔細詢問了一番，確認陸雲箏只是受到驚嚇，並未落下什麼病根，謝長風這才點頭放人。

「朕這幾日都陪著妳。」

陸雲箏一聽，忙搖頭道：「那可不行！皇上還要批閱奏摺！」

謝長風捏了捏她的臉道：「整個朝堂與後宮，只有妳總惦記著讓朕當個好皇帝。」這話聽得陸雲箏胸口發悶，眼淚忍不住又湧了上來。「我昏迷的這幾日，作了一個好長的噩夢。」

謝長風頓了頓，問道：「是關於朕的？」

對於他的敏銳，陸雲箏並不意外，他們自幼相識，又感情深厚，早就夠了解彼此。

「嗯，夢到皇上被奸人陷害，還被逼成了殘暴的君王。」

謝長風不由得失笑道：「只是個夢罷了，當不得真。」

陸雲箏扁了扁嘴。此時的謝長風雖是個大半權力都被架空的傀儡皇帝，但他並不氣餒，一直暗中部署，打算一步步奪回政權。可當他的左膀右臂被一點點折斷，他的驕傲與理想，就成了桎梏他的囚牢，最終令他走上絕路。

見陸雲箏似乎又要哭出來，謝長風只得哄道：「朕答應過妳，要勤勉親政，不會食言的！」

陸雲箏心酸得更厲害，淚水止不住地往下掉。

謝長風心知這嬌俏人兒是被嚇著了，抱著她輕聲細語地勸撫，可他越是如此，陸雲箏越是傷心，到最後，竟在他懷裡哭得睡過去了。

修長的手指滑過熟悉的眉眼，輕輕拂去尚未滴落的淚珠，謝長風的唇角緩緩地勾起。沒人知道這三日他是怎麼熬過來的，也沒人曉得他心裡謀算了些什麼。

如今，陸雲箏醒了，嬌軟可人，一如往昔。

既是如此，那一切就都不重要了。曾經洶湧澎湃的嗜血殺意，彷彿從未在他腦海裡出現過，他依然是她心中胸懷仁義的夫君。

一連數日，謝長風都待在陸雲箏這裡，前朝與後宮無一人置喙。

陸雲箏在心底冷笑，那些人怕是巴不得他當個愛美人勝過江山的昏庸皇帝，哪裡會多說什麼？若是謝長風能安安分分當個傀儡，那更好。

不過，他們注定要失望了！

這天，一同用過膳食之後，陸雲箏照例趕人去看摺子。

謝長風也不惱，只道：「朕就在書房，有事喚朕。」

陸雲箏點點頭應了，等他走遠，立刻屏退眾人，只留下白芷道：「替本宮研墨。」

趁著印象還深刻，陸雲箏這些天盡可能記下夢裡的劇情，唯恐漏了什麼。她想保住謝長風手底下的明人暗哨，才能對付那些弒君殺臣、弄權誤國的奸臣們！

還有皇后，她那魚塘裡的魚也要一條條地數清楚，絕不錯漏！

眼看陸雲箏又趴在案上寫寫改改了一個多時辰，白芷鼓著一張小圓臉道：「娘娘，皇上讓您好好休息呢！」

「馬上就好。」陸雲箏又寫了一下，盯著面前滿滿幾張宣紙看了一會兒，確認沒什麼遺漏，這才擱筆。

揉了揉痠疼的手腕，陸雲箏莫名有些懷念上輩子那個世界的便利性，等眼下的事忙完，就得著手改革日用品了。

陸雲箏將宣紙疊好，放進白芷捧來的小木箱，只見裡面已經有薄薄一沓了。

白芷倒是不好奇紙上寫了什麼，只是有些不明白為什麼自家主子突然對皇上藏起私來。然而她畢竟自幼就跟在陸雲箏身邊，不僅不質疑她，也認為她這麼做是有原因的。

盯著白芷藏好小木箱，陸雲箏長吁了一口氣，懶洋洋地靠到軟榻上，合眼假寐。

眼下是景元三年夏天，各方勢力正處於微妙的平衡，不過好景不長，明年春天突然發生一件事，不但大大影響局面，也給了謝長風一記重槌，甚至讓未來男主角的頭號打手獲得了發展的機遇。

誰能想到，這一切的起因，竟只是一個女人因為求而不得，所以決定毀掉心頭的白月光呢？

陸雲箏懶得琢磨到底是什麼事引得呂靜嫻發瘋，總歸她不可能勸謝長風接受呂靜嫻的愛意。從她恢復記憶的那一刻起，她們之間就注定不死不休！

不過，對陸雲箏來說，眼下最要緊的顯然不是呂靜嫻，而是那個她六歲時憑空出現的「系統」！

最近整理了一下記憶，陸雲箏才恍然憶起，當年為了救她和謝長風，系統耗盡能量，等她完成新手任務才能重新啟動。她的新手任務是種植並採收一筐馬鈴薯，而馬鈴薯早在十年前就已經種下了。

當初種馬鈴薯的地點是她和系統一起精挑細選的，位置偏僻、土壤肥沃，哪怕是過了十年，應該也還在。在夢裡，那些馬鈴薯後來被搶走，成為男主角招兵買馬的資本之一。

只是那個地方……如今的她想再去一趟，卻是不大方便了。

第二章 暗潮洶湧

「娘娘，該起了。」

「嗯……」陸雲箏迷迷糊糊應了一聲，卻還不打算起來。

「今日得向太后娘娘請安，您該起來了。」

似乎是有這麼回事……陸雲箏翻了個身，努力睜開眼道：「皇上呢？」

「今日有早朝，皇上五更天就走了，特地吩咐不要驚擾了您。」

陸雲箏終於清醒了，瞧見床邊的人不是白芷，便問道：「妳們的傷養好了？」

青黛和菘藍跪下磕了個頭，同聲回道：「謝娘娘恩典，奴婢們養好了。」

「起來吧，當日之事是場意外，怪不到妳們頭上。」

青黛和菘藍是進宮時謝長風送到陸雲箏身邊保護她的侍女，在陸雲箏心裡的地位僅次於白芷。

賞荷那日，兩人剛好吃壞了肚子，便被陸雲箏留在宮裡，卻沒承想偏偏那日就出了事。為此她們主動請罰，謝長風允了，之後臥床養了好些天才能下地。

夢裡走一遭，陸雲箏對她們的信任更甚，說道：「妳們的傷尚未痊癒，應當再養幾日。」

菘藍性子活潑一些，回道：「奴婢們是習武之人，傷痛好得快，已經無事了。」

陸雲箏心知她們的固執，只得道：「那等陪本宮請安回來，再去養著。」

兩人這才應了。

待收拾妥當，陸雲箏便上了轎輿，一行人往鳳儀宮前進。要向太后請安，得先去皇后那邊才行。

抵達了鳳儀宮，就見後宮妃嬪們坐得齊齊整整，呂靜嫻笑道：「本宮還當妹妹今日不來了呢。」

「是臣妾來遲了，還望皇后娘娘恕罪。」陸雲箏嘴裡這麼說，臉上卻毫無歉意。

呂靜嫻的笑容斂了些許。「既然都來了，那便出發吧。」

其他妃嬪紛紛起身，乖乖跟在兩人身後。

路上，呂靜嫻道：「妹妹真是教人好生羨慕呢，不過受了一場驚嚇，就令皇上心疼如斯，還要帶妹妹出宮去遊玩。」

「出宮？何時的事？臣妾怎不知？」陸雲箏問道。

呂靜嫻捂嘴輕笑道：「妹妹就別裝了，皇上今日在早朝上提出要去別苑避暑，這夏天都快過了，還避什麼暑？不是為了妹妹，又是為了誰？」

陸雲箏笑著說道：「皇后娘娘耳朵當真是靈得很，這會兒早朝怕是還沒散呢，您就知道皇上說了什麼。」

呂靜嫻頓了頓，轉頭看向陸雲箏，卻見她眉眼帶笑，似在嘲諷。

後頭跟著的妃嬪把腦袋壓得低低的，只當什麼都沒聽見，心裡卻想著：貴妃娘娘落了一次水，性子倒是有些不一樣了，往日可不會這般與皇后娘娘爭鋒呢……

直到進了仁壽宮，被太后召見，陸雲箏依舊笑得燦爛。

太后出身名門，雖已過不惑之年，卻因保養得宜又禮佛參禪，氣質卓然。

見了禮、賜了座，太后開口第一句話便是衝著陸雲箏。「瞧妳這麼開懷，是有什麼好事？說來讓哀家也聽聽。」

陸雲箏笑道：「臣妾好久沒見著您了，心裡高興呢。」

太后被逗笑了，問道：「身子可養好了？」

「早就好了，只是皇上一直拘著，非讓臣妾服完藥才許出宮。若是陸大人再多開兩副藥，臣妾今日還不能來見您呢！」

呂靜嫻道：「皇上這是心疼妹妹，怕妹妹落下病根。」

太后頷首道：「落水受驚不是兒戲，陸大人醫術高明，既開了藥，自是妳身子尚未痊癒。」

陸雲箏乖乖應了聲。

呂靜嫻嘆道：「皇上對妹妹真是疼到了骨子裡，先前妹妹昏迷那會兒自不必說，這些天卻仍日夜陪在妹妹身邊，若非生在帝王家，該是教人何等羨慕。」

「皇上近日都在怡心宮？」太后問道。

呂靜嫻道：「是啊，除了兩次早朝，皇上這十來日都不曾出過怡心宮。」

「這於禮不合吧。」一個軟糯嬌甜的聲音響起。

出聲的人是曹昭儀，閨名琬心，是太后娘家嫡親的姪女，也是懿旨冊封的第一個妃嬪。

謝長風即位兩年來並未選妃，後宮也不充盈，除了皇后和貴妃以外不過五、六人，都是太后做主納進來的。

謝長風沒忤逆太后，卻從未臨幸過誰，只是太后似乎也不惱，依舊隔一段時間便納人進來。

過去的陸雲箏不明白太后此舉是何意，如今卻是懂了。誰能想到，那張和善的面孔下，竟還有一顆垂簾聽政的心呢？

太后端坐在上，捻著手裡的佛珠，沈吟不語。

「妹妹，並非姊姊有意為難妳，自古帝王專寵絕非好事，於皇上是如此，於妹妹亦是。」呂靜嫻看著陸雲箏，語重心長地勸道：「況且，皇上日夜宿在妹妹宮中，於禮不合，祖宗傳下來的規矩，咱們總不能不遵從。」

依照禮法，陸雲箏即便是皇后，都不能獨占皇帝這麼長的時間，更何況她只是個貴妃。

若非謝長風是個受箝制的皇帝，若非陸雲箏的父親是位桃李滿天下的帝師大儒，只怕他們這會兒已經被口誅筆伐了。

「皇后娘娘教訓得是，臣妾也勸過皇上，只是人微言輕，並未被採納。」陸雲箏面露愧色道：「倒是皇后娘娘，您之前來臣妾宮中，怎的也未勸諫皇上呢？」

呂靜嫻輕嘆一聲道：「當日妹妹剛清醒，皇上一心牽掛著妹妹，眼裡實在看不到旁人。」

「那今日應當是勸諫的好時機，不如您再試試？」陸雲箏淺笑道。

呂靜嫻沒想到自己本想靠太后壓一壓陸雲箏，卻反過來被拿捏了一番——她倒是不避諱皇上的專寵！

「皇后。」太后出了聲。「身為國母，勸諫皇帝是妳的職責。」一錘定音，呂靜嫻只能應了。

打發走眾人之後，太后坐了一會兒，便起身前往小佛堂，只見裡頭跪著一道湖綠色的纖細身影，正在虔誠禮佛。

「過幾日，準備隨皇帝出宮。」太后說道。

跪著的那人轉過身，是個明豔嬌俏的絕色少女。對於太后的命令，她似有些許不解，但仍柔順應是。

太后垂眼凝視著她道：「若只是為了陪哀家這老婆子禮佛，妳也不必特地進宮來。」

少女的身軀微微一抖，她低著頭，恭謹地跪著，一動也不敢動。

「機會就這一次，端看妳自己的造化，去吧。」

少女按捺住內心繁雜的思緒，一絲不苟地起身行禮，乖乖退了出去。

桂嬤嬤攙扶著太后，輕聲問道：「您讓九姑娘隨行，昭儀娘娘怕是要不樂意。」

太后膝下子嗣單薄，只育有一兒一女，兒子甚至早夭，因此對模樣肖似自己的姪女曹琬心甚是寵愛，自幼便時常召她進宮小住。得知這姪女心悅皇帝，太后立刻將她納進後宮，封為昭儀。

眼下聽桂嬤嬤提起她，太后揉了揉眉心，嘆道：「誰讓她沈不住氣，動不動就要招惹雲箏，惹惱了皇帝。」

今日妃嬪過來請安，誰知這丫頭竟還不知死活地接過皇后的話頭，皇帝獨寵貴妃，那是大家都默許且喜聞樂見的，皇后捅出來不過是為了一己私慾，到底關她這昭儀什麼事？

「昭儀娘娘畢竟還小，不懂皇后娘娘的險惡用心。」

「罷了，先讓她吃點苦頭。」太后吩咐道：「著人來替哀家擬旨。」

桂嬤嬤會意，問道：「是要給九姑娘位分嗎？」

「嗯，就給個……美人吧。」若是再高，那丫頭怕是真要難受了，畢竟九姑娘是她素來瞧不上眼的庶女。

離開仁壽宮，呂靜嫻周身冷意森然。她入宮已經兩年有餘，若三年無所出，即便她是皇后，也會落人口實。更何況，陸銘桃李滿天下，怕是有數不清的人等著三年期滿，好對她口誅筆伐。

她沒料到謝長風的心能這麼狠，兩年多了，她還是完璧之身。

這次的事，是她心急了。她沒想到陸雲箏在鬼門關前走一遭，性情竟然跟以前不同了……不，也許不是不同了，而是終於不再裝出那副純真良善的模樣。

也是，後宮裡的女人，天真爛漫跟自殺有什麼區別？

另一邊的陸雲箏倒是心情大好，待見到謝長風，立刻把今日的事說了一遍，還笑道：「臨走時太后提到了母妃，讓我得空就去探望，要不我明日過去？」

他們的母妃便是煜太妃，謝長風的生母，是先帝南巡時偶遇帶進宮的民女，曾得先帝盛寵八年之久。然而十年前得知謝長風遇刺時受驚小產，雖保住性命，卻傷了根本，無法承恩，漸漸失了聖寵，如今在後宮好似隱形人一般。

謝長風道：「去吧，陪她說說話。」

陸雲箏頷首，轉而想起一事，又問：「聽皇后說，皇上打算出宮避暑？」

「嗯，妳可有想去的地方？」

陸雲箏不答反問。「怎麼突然想起要出宮避暑？」

「妳不想？」

陸雲箏張了張口，覺得自己實在說不出「不想」兩個字，可若知道她想去什麼地方，他會答應嗎？

謝長風早就看出她這幾日心神不寧，只是她不說，他就當不知，只道：「朕有私庫，不動國庫的銀子。沒旁的事，就想帶妳出去轉轉，可有什麼想去的地方？」

原來如此……陸雲箏安心不少，便道：「我想去趟長臨觀。」

謝長風頓時靜默不語。

陸雲箏見狀，不由得有些忐忑。自從十年前的那場變故之後，長臨觀就成了禁地，甚至一度連提起這三個字都會被問罪，如今先帝已然故去，也不知謝長風心裡是怎麼想的。

她正想著要解釋幾句，卻突然被捏住了下巴。

「妳都記起來了？」謝長風的聲音有些沙啞，似乎摻雜了莫名的情緒。

陸雲箏點點頭道：「記起來了。」

當年先帝領著皇家眾人前往長臨觀遊憩，隨行的還有不少朝臣，身為皇子師傅的陸銘也帶陸雲箏前往，兩人就這麼種下一段情緣。

「記起當年追著朕叫美人，直言非朕不嫁，還跟朕交換定情信物的事了？」謝長風的語速越來越慢，語調越來越低，最後近乎呢喃。「那妳現在該相信朕對妳是真心的，並非只是圖妳貌美了？」

陸雲箏不禁呆住。那都是十年前的老黃曆了，這人怎麼還記得那麼清楚啊？誰讓當時的謝長風長得軟萌可愛，跟瓷娃娃一般，卻總是故作老成，她不就是想逗他開懷嗎？

見眼前那微張的紅唇好似提出了無聲的邀約，謝長風一低頭便含住了。

陸雲箏實在想不明白，剛剛不是還在說正事嗎，怎麼突然就開起車了？然而很快的，她就沒精力去思考這些了……

深夜，陸雲箏早已累得入睡，謝長風抱著懷中的軟玉溫香，手指輕輕摩挲著她胸前那淡粉色、如桃花盛開的疤痕，彷彿失而復得的珍寶。

陸雲箏生而知之，是早慧之人，那年重傷失憶之後，方才有了孩童的嬌憨。眾人非但不覺得惋惜，反而都很欣喜，畢竟早慧之人大多早夭，失憶或許是上天給予她的一線生機，是以大家刻意淡化此事，只繼續將她捧在手心寵著。

謝長風對陸雲箏的喜愛是日積月累的深情，既然她忘了他們之間相處的點滴與那段被刺殺的慘烈記憶便罷，有他記著就足夠。

時隔十年，那些回憶重返陸雲箏的腦中，於他而言倒是意外之喜，彷彿兩人感情裡那一點點缺憾也被彌補了。

等陸雲箏醒來，已是日上三竿，想起今日要去煜太妃那邊，她連忙起身，待察覺到身上的不適，低頭一看，只見雪白的肌膚上，滿是深深淺淺的印子，看得人面紅心跳。

昨晚不知怎麼回事，謝長風興頭十足，將她翻來覆去地折騰，還逼著她喊了一堆亂七八糟的，全然沒了往日裡的溫柔——她恢復了兒時那點記憶，就那麼值得他高興？

思及昨夜的荒唐，陸雲箏的臉上泛起潮紅，一旁服侍的白芷和青黛都微垂著頭，當什麼都沒瞧見。自家主子面皮太薄，但凡她們露出一點思緒，怕都要被趕出去了。

聽到太監的回稟，謝長風撐著頭輕笑出聲，似乎能從這隻言片語中瞧見那匆忙迴避他人目光的身影。

「箏兒有什麼心事？」

煜太妃來自江南，模樣生得精緻，因身子羸弱，更多了幾分溫婉嬌弱，歲月的沈澱讓她的氣質越發優雅，沏茶時美得好似一幅畫。

陸雲箏看了半天，是真沒瞧出煜太妃眉宇間有絲毫鬱氣，反而覺得十分豁達通透，這樣的人，真的會因為胞弟重傷落下殘疾，而在一年不到的工夫內抑鬱而終嗎？

「箏兒？」

陸雲箏回過神道：「母妃，其實……兒臣前陣子落水昏迷，作了一個很長的夢，夢到過去種種，還有一些別的事。」

在煜太妃溫柔的目光中，陸雲箏繼續道：「皇上只當兒臣作了場噩夢，兒臣不知要不要告訴他。」

「那妳可想說來讓母妃聽聽？」

陸雲箏自是想的，她說道：「兒臣夢到，多年前皇后曾救了宗鶴鳴一命，第二年宗鶴鳴高中武狀元，第三年……」

「第三年，他便與小戟去了邊關。」煜太妃接過話道。

陸雲箏頷首。煜太妃口中的「小戟」便是她的胞弟孔戟，為鎮守邊關、讓人聞風喪膽的大將軍，至於宗鶴鳴，憑著跟孔戟一同出生入死多年的情誼，加上不凡的身手，已成了孔戟的心腹。

就是這個宗鶴鳴，為了心愛的女子，不惜對自己的弟兄揮刀相向，盡數毒倒孔戟的左膀右臂，還親手廢了孔戟一條腿，讓他不得不交出兵權，也令謝長風失去了最大的倚仗。

聽完陸雲箏的敘述，煜太妃沈吟片刻後說道：「此事就交由母妃處理，可好？」

雖說這只是夢，可陸雲箏向來聰慧，或許背後有什麼她不知道的事也說不定。

陸雲箏鬆了口氣道：「那再好不過了，謝母妃！」

不論宗鶴鳴到底是不是呂家的爪牙，此刻是否已對孔戟起了謀害之心，他鎮守邊關多年的功勞不在話下，與孔戟的兄弟之情也做不得假。

孔戟是煜太妃一手教養長大，又一塊兒在皇宮這個吃人的地方生存下來的，兩人的感情遠非尋常姊弟能比，讓煜太妃去溝通，比讓謝長風這個當皇帝的外甥出面更恰當，也更能令孔戟信任。

陸雲箏能想到的，煜太妃自然也不例外，她道：「往後若有煩心事，不便告訴皇上，妳就來找母妃，不要悶在心裡，瞧妳都清瘦了。」

陸雲箏自是笑著應下。

此刻外頭有人稟報。「貴妃娘娘，陸大人來了。」

陸雲箏訝異道：「陸大人怎的來了？」

白芷應道：「今天是請脈的日子，皇上不知娘娘何時回去，便讓陸大人跑一趟。」

看陸雲箏故作驚訝，再瞧陸北玄眼觀鼻、鼻觀心的模樣，煜太妃暗暗笑了一聲。果然，沒多久後，就見陸雲箏貌似不經意地讓陸北玄也替她請個脈。

「那便有勞陸大人了。」煜太妃說道。

陸北玄行過禮才上前請脈，半晌後，他退開一步道：「太妃娘娘身體康健，無須調理。」

煜太妃的目光微閃。她自十年前落下病根，便從未有一日斷過藥，何來無須調理一說？難道是……有人刻意要她服藥？

陸雲箏暗道：果然，煜太妃的死也有蹊蹺！

最後，陸雲箏到底什麼也沒多說，若無其事地陪伴煜太妃大半日，這才起身告辭。

分開時，煜太妃握著陸雲箏的手，輕聲道：「若想見母妃，告訴皇上便是，他有法子。」

陸雲箏點頭應了。

一坐上轎輿，陸雲箏便蹙起了眉。這兩年煜太妃一直告病不出，她與謝長風也鮮少去探望。

到底是誰要對煜太妃下毒手？皇后？還是太后？

「母妃怎麼了？」陸雲箏問道。陸北玄問完脈之後便去向謝長風稟報，她還不知道確切的情況。

謝長風道：「被下了毒，所幸毒性不烈，中毒時日亦不久，只要調理幾個月便無礙。」

陸雲箏聽了，稍稍放下心來。

謝長風又道：「若非是妳，母妃怕是難逃一劫，也是朕疏忽了。」

目前煜太妃身邊都是跟她走過風雨的老人，這麼多年從沒起過旁的心思，可他卻忘了人心最是善變，尤其皇宮裡的人。

「此次出宮就帶母妃一起去吧，正好給她治病。」陸雲箏建議道。

謝長風將她攬到懷裡道：「不急，陸北玄還要琢磨一下解藥，母妃應當也有自己的盤算。」

陸雲箏點點頭說：「那我們何時動身？」

「妳很心急？」

陸雲箏不否認自己確實有些急切，尤其是確定煜太妃之死是遭到謀害，讓她更想早日聯繫上系統，畢竟系統裡能兌換各類物品，很多都是保命的好東西。

謝長風也不逗她，回道：「五日後啟程。」

送走陸雲箏，煜太妃去亭子裡泡了壺茶，入口時發覺味道不正，她輕嘆一聲倒掉茶水，起身回了屋子。

夜裡，煜太妃早早就寢，她的貼身侍女靜菡守在外間，看著跳躍的燭光，只覺得腦子昏沈沈，睏得厲害。她為自己倒了杯水，卻沒能醒神，沒多久就睡過去了。

片刻後，煜太妃走出房間，淡淡掃了靜菡一眼，便逕自到書桌邊取來一個長形匣子，拿出裡面的東西，動起筆來。

靜菡醒來時已天色大亮，她忙起身去了裡間，見煜太妃還未醒來，她吁了口氣，揉了揉痠痛的頸脖，暗暗慶幸自己跟了個好說話的主子，否則可要受罰了。

煜太妃起身後，吩咐道：「今日無事，妳把東西送過去吧。」

靜菡看向桌上的匣子，躬身應了。

等人走遠，煜太妃突然開口說道：「去吧。」
「是。」
屋子的角落頓時閃出幾道人影，飛快地進入靜菡的居所，迅速查探起來。
一炷香的工夫不到，本該送往御書房的匣子卻擺在太后面前，裡面的一幅畫也被展開了。
「這是何時畫好的？」
「太妃娘娘三個月前就動筆了，半個月前畫好的。」
「今日才想起來要送？昨日貴妃過去，怎的沒讓她帶給皇上？」
面對太后這個問題，靜菡暗道煜太妃的心思她哪能明白？「奴婢也不知。」
「哀家聽聞陸北玄昨日也去了，給妳主子請脈了沒有？」
「奴婢沒看到，應當是沒有。」
人有三急，陸北玄來時靜菡正好不在，不過半盞茶的時間他就走了，按理說是來不及為兩位娘娘請脈的。
太后斂眸，緩緩摩挲著手中的佛珠。若真被陸北玄看出什麼，依陸雲箏的性子，不會跟沒事的人一樣，只不過……她如今跟以往有些不同了。

半晌後，太后道：「罷了，去吧，盯緊點。」

「是。」靜菡猶豫片刻，又問：「那藥還要給嗎？」

「暫且停一停，皇上就要出宮了，等他走再說。」

靜菡應了。

太后又仔細看了看面前的畫，沒能瞧出什麼，便揮了揮手道：「去吧。」

桂嬤嬤將畫收回匣子遞給靜菡，親自送她出去，說道：「妳娘家的姪子已經安排進了國子監。」

靜菡欣喜道：「奴婢謝太后娘娘恩典！」

「太后娘娘對妳很是器重，若做得好，妳那娘家姪子的前程無量。」

靜菡道：「奴婢定不會辜負太后娘娘的信任！」

「去吧。」

當晚，陸雲箏也看到了這幅畫。再過一個月就是孔戟的生辰，煜太妃每年都會畫一幅畫當作他的生辰禮。

明知道煜太妃就是用畫跟孔戟聯絡，陸雲箏也參不透其中的玄機，她完全不曉得煜太妃想表達什麼。

這簡直就像是拿到了參考答案也猜不到解題方法啊！難怪自家爹爹曾說過煜太妃令他敬佩。

似乎猜到陸雲箏的心思，謝長風攬著她的腰，修長的手指點了其中幾處，在她耳邊低語。「這是他們獨有的聯絡方式，旁人看不穿的。」

「皇上也不行嗎？」

「朕沒學。」

陸雲箏忍不住好奇地問道：「為何？」

「朕不想與他們離心。」

陸雲箏一聽就轉過身道：「那日後閒來無事，我也想個聯絡方式，讓我們兩個用。」

就算她想不出來，還有系統在啊！哪怕系統沒招，上一世時她也看過不少謎題，努力回想一下，應該能成。

沈浸在自己思緒中的陸雲箏沒注意到謝長風眼底的情慾，一直到被攔腰抱起、壓進柔軟的被褥中時，她都沒能回過神來……

又到了向太后請安的日子，這回太后身旁多了個美得妖嬈的姑娘，在場眾人都明白，後宮又要進新人了。

陸雲箏知道這個人，她叫曹玥清，是曹家嫡系庶出的女兒，因為娘親出身卑微，她又生得太過貌美，一直被欺壓得厲害，此番進宮也是遭到逼迫。

根據書中所述，在太后的算計下，她與皇上有了肌膚之親，並成功懷上子嗣。這對謝長風來說不啻於奇恥大辱，若非太后攔著，怕是當場就要將人杖斃了。

後來曹玥清難產而亡，孩子也被太后接走，這個女人就像曇花一般，在最好的年紀凋零了。

呂靜嫻笑盈盈地稱了聲「妹妹」，還同太后商議起要把人安置在哪個宮裡。

「雲箏啊，此去長臨觀路途遙遠，妳近來身子不好，不如就讓曹美人同去伺候？」太后說道。

一時之間，所有人的目光都掃向陸雲箏。

陸雲箏心靜如水，這麼一個可憐的女人，何錯之有？該防備的人是太后才對。「若是曹美人願意，那再好不過。」

莫說眾人，就連太后都有些意外，曹玥清更是忍不住抬頭看向陸雲箏，只見她的眸中漾著清淺的笑意，並無一絲一毫的嫉恨。

唯有這樣的女子，才配得上皇上一心一意的寵愛吧……

呂靜嫻笑道：「既是如此，不如就讓曹美人去妹妹宮裡吧？閒來無事多聊聊天，日後在路上也好作伴。」

陸雲箏也笑著說：「如此甚好，不知曹美人意下如何？」

曹玥清福了福身道：「謝貴妃娘娘恩典。」

太后按捺住心中的詫異，笑道：「那就這麼辦吧。」

眾妃嬪跟著陪笑，心想貴妃娘娘仗著自身得寵，著實膽大妄為，也不怕這位曹美人勾走皇上的魂？

唯有曹琬心，她面沈如水，目光帶著恨意，毫不掩飾地瞪著曹玥清。

回宮路上，陸雲箏沒有多言，曹玥清則是低眉屈膝跟在後面，白芷幾次怒得鼓起了腮幫子，卻被青黛拽住衣袖，只能生生嚥下怨氣。

到了怡心宮，陸雲箏將人安置在偏殿，只見曹玥清乖順地跟著宮女離開，全程規規矩矩，一如書裡所述。

謝長風得知後，捏了捏陸雲箏的臉，笑道：「妳倒是不吃味，嗯？」

陸雲箏道：「我看太后和皇后在打機鋒，不忍她被折磨，這才帶回來的。」言罷，又說了曹玥清的身世。

這些事謝長風早就知曉，但他還是認真聆聽，回道：「妳既心軟，那便收著，日後若不安分了，再趕出去。」

陸雲箏應下。

再過兩日就要出宮了，哪怕陸雲箏想要輕裝簡從，要帶的東西還是很多。

「這些都是必須帶著的，可不能再少了！」白芷扠著腰，氣勢十足。

陸雲箏無奈道：「依妳、依妳。」

白芷這才滿意了，挨過來為陸雲箏捏肩膀，順帶吹耳邊風。「那位曹美人每日都坐在房裡發呆，也不知是不是在算計些什麼！」

「應當只是不願出來惹人注意吧。」

「娘娘！您就是太心軟了，自小就這樣！」

陸雲箏故作羞惱道：「本宮若不是心軟，還容得妳這丫頭騎到本宮頭上？」

一旁的青黛和菘藍捂嘴輕笑，白芷不禁哼道：「您不識好人心。」

「那曹美人是個可憐人，著實不必敵視她。」

白芷道：「奴婢也不是存心針對她，實在是她的模樣太招人了，奴婢這是怕……」

「皇上與本宮青梅竹馬十餘載，本宮信他。」

見陸雲箏這麼說，白芷便閉上了嘴，不再多言。

出宮前一晚，陸雲箏雀躍不已，恨不得連夜出發。

她正想著去長臨觀後要做些什麼，卻聽見有人稟報。「娘娘，曹美人求見。」

陸雲箏愣了一下才道：「讓她進來。」

曹玥清進房行過禮，便單刀直入道：「貴妃娘娘，皇后娘娘今晚要對皇上下手！」

陸雲箏面露驚訝之色道：「妳從何得知？」

曹玥清猶豫了片刻才回道：「太后娘娘今日召臣妾過去告知此事，想讓臣妾藉此機會跟貴妃娘娘賣個好。」

陸雲箏心思千迴百轉，不論是書中還是夢裡，視角終究有限，不可能呈現所有發生過的事情。

她真的不知道未來的時日呂靜嫻跟謝長風之間發生了什麼，才讓呂靜嫻決意毀掉謝長風。

片刻後，陸雲箏起身道：「去鳳儀宮。」

曹玥清似乎沒料到陸雲箏這就信了，卻見她道：「妳就不必去了，皇后娘娘處置妳不用費什麼工夫，卻是拿我不得。」

「謝娘娘！」

「皇后，妳瘋了！真當朕不會治妳?!」

謝長風只覺得體內的熱潮一陣高過一陣，身下早已起了反應——他沒想到呂靜嫻居然會對他用藥，即便他剛進殿就察覺不對勁，卻還是遲了，這藥著實太過霸道！

呂靜嫻倒是沒瘋，只是有所算計。等到年後，謝長風就登基三年了，若要留在謝長風身邊，繼續當一國之母，就必須有個孩子，可謝長風不碰她，就不可能有孩子。

所以呂靜嫻想對謝長風下藥，只要有了夫妻之實，就能名正言順地懷上身孕——她算過日子了，今晚是個好時機。

況且，明日謝長風就要出宮了，他斷不會為了她放棄帶陸雲箏出遊，等他回來，也不會處罰一個有可能懷了龍種的人。

只要有了孩子，謝長風總歸會對她心軟的，她不信謝長風能寵陸雲箏一輩子，她也不會允許這種事發生！

思及此，呂靜嫻越發堅定，她緩緩脫去外衣，露出大紅的紗衣，雪白的肌膚若隱若現，她眼波流轉、聲音嬌軟道：「皇上，臣妾是為您而瘋啊！臣妾是您的嫡妻，又愛慕了您這麼多年，您就一點都不心動嗎？」

「堂堂皇后竟然用煙花柳巷的下作法子，妳可有半點廉恥之心？」謝長風身體有多火熱，臉上就有多冰冷。「妳曾與朕的大皇兄有過婚約，大皇兄暴病而亡，妳轉身便千方百計地要嫁給朕，這就是妳所謂的愛慕多年？」

呂靜嫻連連搖頭、泫然欲泣道：「不是這樣的！當初跟太子的婚約非臣妾本意，臣妾想嫁的一直都是您啊！」

「呂家那麼多嫡女，妳若不願意，有的是旁人，怎就偏落到妳頭上？」謝長風冷哼一聲道：「即便沒有雲箏，朕也不會碰妳，妳當朕同妳一般不知廉恥？」

這話實在太過傷人，呂靜嫻不禁喊道：「您怎能這樣說我！若非臣妾嫁給您，呂家豈會傾力相助？若沒有呂家，您能否坐穩龍椅猶未可知！」

「即便沒有妳，呂家也一樣會助我！當年大皇兄與二皇兄相爭，大皇兄允諾呂家從龍便有功，為此呂家不惜構陷二皇兄，若讓二皇兄當上皇帝，第一個就要拿你們呂家祭天！」

這便是十年前長臨觀變故的由來，太子當時雖為皇位最有力的繼承人選，可二皇子卻深受朝臣擁戴，太子就是利用先帝心中對二皇子的那點猜忌，買通刺客對眾人下手，再聯合呂家栽贓到二皇子頭上。即便數年後先帝後悔自己一時衝動做出的決定，可早已換不回二皇子的一條命。

儘管謝長風之後查明了真相，卻不能昭告天下，因呂家勢力太大，呂靜嫻的父親呂盛安甚至被先帝封為護國侯，在帝權受到箝制的情況下，他無法還自己的二皇兄一個清白。

謝長風來到這裡的原因，是因為呂靜嫻說有太后母族曹家謀逆的罪證，事關重大，自是要將所有人遣出去，卻沒料到她有這種膽子！現下呂靜嫻擋在門前，若要離開，勢必得推開她，但是藥效太過強烈，他不敢冒險近她的身。

呂靜嫻已無退路，她看得出謝長風在硬撐，當即不再理會他的話，舉止妖嬈地朝他走去。

謝長風抓住桌上的茶盞砸到呂靜嫻腳邊，怒吼。「站住！」

此時「砰」的一聲，大門被人一腳踹開，只見陸雲箏逆光站在門口說道：「喲！皇后娘娘這是要在宮裡開青樓？」

呂靜嫻倏地轉身怒道：「亂說什麼！」

看著眼前的場景，陸雲箏還有什麼不明白的呢？她雙眸噴火，帶著諷刺的笑容說道：「這不是皇后娘娘嗎？原來您不是要開青樓，是打算自個兒當暗娼？」

「放肆！」呂靜嫻氣得臉都紅了。「妳當這是什麼地方，容妳胡言亂語？誰准妳進來的！」

「到底是誰放肆？堂堂一國之后穿成這樣，妳爹娘知道妳這麼不要臉嗎？」此時陸雲箏也不想在稱呼上便宜呂靜嫻了。

謝長風不由得輕笑一聲，看著陸雲箏囂張跋扈的模樣，他的眼角與眉梢都染上了些許笑意。

自從殿門被踹開的那一刻起，他提著的心就放下了，就算身體依然難受，但他能忍到某人發完脾氣。

呂靜嫻聽到他的笑聲，腦子轟然一聲巨響，恨道：「不過是一個小小妃子，仗著皇上的寵愛，竟敢擅闖皇后寢宮，妳可知罪?!」

「對皇上用藥，妳可知罪？」

「這是我們夫妻之間的情趣，甘妳何事？」

陸雲箏實在沒想到，都到了這個分上，呂靜嫻居然還這般有恃無恐，這是當真沒把謝長風這個皇帝放在眼裡，追究起原因，無非就是仗著背後有呂家！

「呵！我跟皇上成為結髮夫妻的時候，妳還不知在哪個角落裡哭呢！」陸雲箏道：「在宮裡待久了，妳怕是不明白外頭是怎麼說的！」

呂靜嫻當然知道那些傳言。當年謝長風和陸雲箏是由先帝賜婚不說，他還親自當了證婚人。陸銘的學生滿天下，不知寫了多少美文讚揚這段青梅竹馬的佳話，說是舉國同慶都不為過。

所以她才不甘心，才要不擇手段地孕育皇子！她要讓全天下的人睜大狗眼好好瞧瞧，她這個皇后到底夠不夠名正言順！

「愚昧無知的百姓之言也能當真？皇上若當真那般愛妳，又豈會答應娶我為后？」

陸雲箏冷笑道：「妳莫不是忘了這后位是怎麼得來的？」

聽到這句話，呂靜嫻面色微變。

陸雲箏一字一句道：「當年，皇后之位本該是曹昭儀的，是妳跪在煜太妃和皇上面前，聲稱太后在後宮隻手遮天，曹昭儀心狠善妒，若皇上只帶我一人入宮，勢必逃不過她們的毒手，所以妳願意入宮替我遮風擋雨，與太后對抗。

「妳的后位從頭到尾就是呂家與皇上的交易，而這個交易，是妳一手促成的！當年皇上只提了一個條件，讓妳不得以皇后位分欺壓我，在他心裡，我永遠是唯一的嫡妻！妳說妳不在乎不是嗎？怎麼，不過區區兩年，就全忘記了？」

呂靜嫻沒想到當初的事陸雲箏竟一清二楚，這秘密被攤在陽光下，她的陰暗心思也被徹底挑明。

「愛慕皇上？呵，妳不配！」陸雲箏不屑道。

第四章　暗中結盟

陸雲箏出了口惡氣，走到謝長風身邊想攙扶他。「皇上，您怎麼樣？」

謝長風制止她的動作，柔聲道：「朕中了藥，怕傷到妳，讓小旭子進來扶朕。」

陸雲箏點頭，轉身去找謝長風的貼身太監。之前她不知殿內情形，沒敢胡亂帶人過來，這會兒自然是不怕了。

小旭子很快就趕來，見到謝長風面色潮紅的模樣，嚇了一大跳，趕緊過去扶著他離開。

此時呂靜嫻已不在現場，也不知這麼會兒工夫躲去哪裡了。

幾個人剛走出鳳儀宮的大門，就見太后乘著轎輿抵達。雙方人馬一碰面，太后竟然比陸雲箏更驚訝。「雲箏怎的來了？」

陸雲箏立刻擠出幾滴貓哭耗子的眼淚，泣訴道：「午時臣妾作了噩夢，醒來卻找不到皇上，一時心急，便到皇后娘娘這裡尋他，沒想到皇后娘娘……皇后娘娘她……」

鳳儀宮的事太后心知肚明，看著面前的陸雲箏，她心下暗惱又覺可惜。如此好時機竟生生錯過了，陸雲箏萬不會在此刻將謝長風交給其他人，即便是她這個太后也不行。

對於陸雲箏，太后不敢在明面上苛責她，更不會輕易對她下手，畢竟她爹陸銘是天下學子仰慕的名儒，而陸銘對陸雲箏這個獨女更是疼到了骨子裡。

太后心中千迴百轉，面上卻依舊一片和藹。「龍體要緊，妳先帶皇上回去歇著，此事哀家定會給妳一個交代，若皇后當真如此肆意妄為，哀家絕不輕饒她！」

陸雲箏含淚點頭，乖順地離去。

轉過身的剎那，電光石火間，陸雲箏終於想通了一件事，就是呂靜嫻為何要毀掉謝長風！

為了爭寵，呂靜嫻不惜對謝長風用藥，卻讓守株待兔的太后撿了便宜，太后乘機讓曹玥清跟皇上發生關係，事後攔住盛怒的謝長風，保住曹玥清一命，還平白得了個皇嗣。

至於呂靜嫻，萬般算計落了空，還平白遞了個天大的把柄給太后，讓呂家陷入被動的局面，畢竟她一個深居宮中的皇后，哪能弄到這般性烈的藥呢？

謀算皇上是大逆不道的重罪，誅九族都不為過，自此過後，呂家就要徹底趴在曹氏一族腳邊，也不得反抗，身處這種境地，呂家如何甘心？

難怪後來呂靜嫻不惜攪亂朝綱也要謀反，說穿了就是為了自己，虧她還口口聲聲說愛著皇上……

回到怡心宮，謝長風徹底撐不住了，整個人神志不清，偏生這幾日陸北玄離宮準備藥材，而其他的太醫陸雲箏一個都不相信。

看著面前的人眼睛都紅了，如玉的面龐也變得猙獰，陸雲箏揮退所有人，上前抱住謝長風道：「皇上，是我。」

謝長風想推開她，卻下意識將人抱得緊緊的，他只能低喃道：「箏兒，對不起！」

陸雲箏不再想看謝長風難受，抬起頭主動吻住他的唇。

乾柴烈火，一觸即燃。

等陸北玄匆忙趕來，已經是一個時辰後的事了，陸雲箏強撐著沒暈過去，謝長風的精神卻依然好得很。

情急之下，陸北玄顧不得禮儀，伸手進床幃替謝長風把脈。「皇上再堅持一下，臣立刻配藥。」

謝長風啞著嗓子道：「好。」

聽到這話，陸雲箏終於安心，她露出笑容說道：「皇上，很快就沒事了。」

謝長風低下頭，克制地吻了吻她的額頭。

曹玥清一直窩在房間床上，她抱著膝蓋看著窗外的天色，從申時到酉時，再到戌時，直至天黑。

上一世，皇后也是對皇上用了藥，在最後關頭被提前得了信的太后給攔住，太后強行帶走已經有些神志不清的皇上，讓她同皇上圓了房。

這一世，貴妃突然落水，皇上執意出宮，皇后提前下手，剛好碰到她來了癸水，一切似乎都變得不一樣了！

其實太后並沒有讓她向貴妃賣乖，這麼好的機會，太后豈會放過？就算沒有她，也還會有別人，太后要的，只是個名義上的皇嗣罷了。

若這次也讓太后得逞，那她就是顆可有可無的棋子，曹琬心是不會讓她好好活下去的！在這後宮裡，皇后跟太后都是吃人的猛獸，只有貴妃是真的心善，她只能賭這一把。

昏暗的房間裡，曹玥清的眼睛亮得出奇，她要努力活下去，然後才能報仇！

夜晚降臨，曹玥清終於等到了陸雲箏。

「太后並沒有讓妳向本宮賣好，她原本想讓妳伺候皇上的，是不是？」陸雲箏的聲音有些沙啞。

曹玥清跪在地上，如實道：「是，太后今日召臣妾前去，本是想讓臣妾留宿，只是臣妾來了癸水，這才被放回來。」

「為何要告訴本宮？太后那般精明的人，事後回想起來，勢必會懷疑到妳頭上。」

曹玥清道：「臣妾不願眼睜睜看著太后的計謀得逞。」

陸雲箏沒有說話。

「臣妾本不想入宮，是被曹家的人逼的，太后和曹家主母都答應臣妾，會善待臣妾的娘親，可是臣妾才剛入宮，娘親就被他們害死了！」說到後面，曹玥清帶了幾分哭腔。

她迅速收拾好情緒，繼續道：「此番若是太后的謀算成事，臣妾就成了顆無用的棋子，曹昭儀是臣妾的嫡姊，自幼恨臣妾入骨，她不會容忍臣妾安生，可臣妾只想活著……」

半晌，陸雲箏輕嘆一聲道：「起來吧。」

「本宮在鳳儀宮外遇見太后，只說午時作了噩夢，急著找皇上，這才尋了過去。太后已經派人來打探過了，得知本宮出去的時辰幾乎與妳回來的時辰一樣，想來能替妳隱瞞一二。」

曹玥清一直屏著氣，聽完這話，推測出陸雲箏的意向，這才鬆下心神，深吸了口氣。儘管胸口微微感到刺痛，她卻輕快極了，只道：「謝娘娘！」

「這次是本宮欠妳的，只要妳不對本宮和皇上起旁的心思，本宮會盡力護著妳。」陸雲箏頓了頓，又道：「若妳只求活著，安心待在本宮身邊便是；若妳想做旁的事，最好先知會本宮一聲，本宮得把自己摘出去，再看其他。」

曹玥清跪下行了個大禮，哽咽道：「謝娘娘大恩！」

「夜深了，早些歇著吧，明天還要趕路。」

「恭送娘娘！」

目送陸雲箏離去，曹玥清再也忍不住，跪伏在地失聲痛哭。重來一世，她想盡了辦法都沒能逃脫入宮的命運，更沒能保住娘親的性命，她恨自己無能，卻又不甘心就這麼尋死。

入宮後，她防備所有人，活得戰戰兢兢，生怕露出一星半點兒的情緒，讓太后瞧出不對，如今得到陸雲箏的承諾，總算不用再擔心懸在頭上的利刃會隨時落下。

聽見身後隱約傳來細微的哭聲，在夜風中飄得老遠，陸雲箏不由得輕嘆了一聲。若曹玥清當真沒有異心，那便待她好些吧。

謝長風灌了好幾輪湯藥，又泡了一宿的藥浴，這才徹底恢復過來。

看著陸雲箏滿身傷痕，即便是睡著了也蹙著眉心，似有萬千憂愁，謝長風內心好不容易壓制住的暴虐又在肆意瘋漲，叫囂著讓他立刻斬殺呂靜嫻。

當年就不該聽母妃的勸告讓呂靜嫻入宮與太后抗衡，最終不過是引狼入室罷了！

陸雲箏有心事，睡得不沈，手又被人捏得有些疼，便幽幽轉醒，瞧見謝長風在身邊，她面露喜色道：「皇上，你沒事啦？」

她那沙啞的嗓音讓謝長風的眸光更顯陰暗。「嗯，沒事了。」

「那我們今日能啟程嗎？」

謝長風到了嘴邊的話轉了一圈又嚥回去，只笑道：「能，還早，妳再睡會兒。」

「不了，路上有得是時間睡，這會兒我也睡不著。」

「好。」

一個時辰後，陸雲箏被謝長風抱著上了龍輦，一大隊人馬浩浩蕩蕩出了宮。

呂靜嫻得知謝長風如預期般一個字都沒留就離開京城，非但沒有半分逃過一劫的喜色，反而大哭了一場——自己在他心裡，當真是不如陸雲箏一顰一笑……

隨著龍輦緩緩駛出京城，陸雲箏越發歡快，昨日種種已被她拋到腦後，不論是太后、皇后還是她們背後的曹氏跟呂家，都不是一朝一夕能扳倒的，等她跟系統取得聯繫，增加籌碼後，再慢慢收拾她們！

君子報仇十年不晚，更何況，跟萬千黎明百姓比起來，她們也算不得要緊的事。

此番同他們出行的人並不多，幾位輔佐大臣都留在京城，一眾臣子自然也不會跟著皇帝跑，畢竟朝中大權可都握在輔佐大臣手裡。

起初得知謝長風想去長臨觀，大臣們的表情可說是意味深長，畢竟那可不是個好地方。十年前那場變故後，先帝幾乎血洗長臨觀，至今想起來仍讓人背脊有些發涼。

不過，後來大夥兒憶起陸銘如今就在距離長臨觀不遠的地方講課，再思及前陣子落水受了驚嚇的貴妃，皇上想去長臨觀也是情有可原。是以此番同行的大都是陸銘的故交，抑或是對陸銘有所求的人。

曹玥清的馬車就跟在龍輦後面，裡面布置得很舒適，還有兩個人陪著她，都是陸雲箏身邊貼身伺候的侍女，白芷和玉竹。

白芷前幾日還偷偷對她橫眉冷眼的，今日卻殷勤得很；玉竹倒是一貫保持低調，但也會主動為她準備吃食。曹玥清明白這都是陸雲箏的安排，心裡對她的感激更甚。

出了京城沒多久，陸雲箏那股興奮勁一過，就慢慢記起身上的不適，人也開始犯睏，沒多久就靠在謝長風身上睡著了，馬車走了多久，她就幾乎睡了多久。

那日在藥物的作用下，謝長風著實傷得陸雲箏不輕，偏又都是些難以啟齒的地方，她不願讓旁人察看，只得慢慢養著。

太后當日沒能留住謝長風，也抓不到呂靜嫻下藥的確切證據，而在場的另外兩個人又都已經甩手出遊，自然不會來作這個證。

自從計謀失敗後，呂靜嫻似乎也懶得再維持往日賢良淑德的模樣，與太后對峙起來絲毫不退讓。

最後太后只不輕不重地罰了一個月的禁閉以及半年的俸祿，這對呂靜嫻來說根本不痛不癢。

那天過後，呂靜嫻才回過神來，察覺到了其中的不對勁。比起突然闖進宮裡的陸雲箏，太后的舉動顯然更令人匪夷所思。堂堂太后，竟帶著大隊人馬氣勢洶洶地找上門來，顯然是胸有成竹。

若是沒有陸雲箏插手，讓太后就這麼把謝長風帶走，那她可就真是犯下天大的禍事了！

謝長風不過是個傀儡皇帝，陸雲箏此人也不足為懼，可太后和曹家卻是要吸人血的，一旦握住了她的把柄，呂家不死也要掉層皮。

到了這會兒，呂靜嫻認定身邊出了叛徒，而且還是她最信任的那批人。這個認知讓呂靜嫻又驚又怒又怕，今日叛徒只是洩漏消息給太后，他日若是太后要取她性命呢？

這麼一想，呂靜嫻心底那絲憐憫與不捨頓時沒了蹤影。親信可以重新培養，叛徒絕不能放過！

就這樣，鳳儀宮關上宮門，進行了一番「整頓」。

得知宮裡發生的事，陸雲箏倒不覺得意外。太后此次行事張揚，並無絲毫遮掩，與她以往的行事風格大不相同，也許本就存了讓呂靜嫻猜忌身邊人的心思。

鳳儀宮這番整頓下來，即便是原本忠心的人，多少也會生出些兔死狐悲的哀切來。

後宮兩個神仙打架，對陸雲箏來說再好不過，只是可憐了那些宮女與太監們，不曉得有多少無辜的人會被牽連。

「普通宮女跟太監是進不了鳳儀宮的。」謝長風說道。呂靜嫻控制慾極強，整個鳳儀宮從上到下都在她的掌控之下，是以越發容不得背叛。「太后的仁壽宮也不遑多讓。」

確實如此，陸雲箏心想，自己的怡心宮不也是鐵桶一個嗎？

不過透過鳳儀宮此事，她覺得也不能太自信，畢竟人心難測啊……

在一個風和日麗的晴朗天氣，一行人終於抵達長臨觀。

先帝曾一度癡迷煉丹，長臨觀便是他替當時的國師所造。雖是別苑，卻極盡奢華，建成後，先帝每年都要來住上幾個月，儼然將此地當作第二座皇宮。

雖然十年無人入住，但畢竟是皇家別苑，常年有宮女、太監與護衛駐守，得知皇上要來，眾人匆忙修整了一番，清理出來的幾個宮殿瞧上去都頗為氣派。

只是再怎麼說，這裡都是發生過大事的地方啊……陸雲箏偷偷瞄了瞄謝長風的神情。

「怎麼？」謝長風問道。

陸雲箏趕緊搖頭。

謝長風哪裡猜不出她的心思，輕笑道：「都是過去的事了。」

「對！我們大家都好好的，過去的事不必多想。」

謝長風笑而不語，牽著她的手踏入了長臨觀。

這裡是他們相識的地方，也是他們兩小無猜時定情之處，雖然曾有過慘烈的回憶，但對謝長風而言卻是甜多過苦。如今陸雲箏已憶起往事，也似乎不甚在意那段被刺殺的記憶，那他自是願意陪她故地重遊。

陸雲箏倒是沒那麼多的感慨，她惦記的是那些馬鈴薯啊！

長臨觀位於連綿山脈的山窩處，三面環山、一面臨水，不僅冬暖夏涼、氣候宜人，風景亦極好。

稍事休息，謝長風便準備要接見地方官員，陸雲箏換了身輕便的衣裝，帶了貼身伺候她的幾人，便急匆匆往後山去了。

在她離開後不久，謝長風就得了信，只道：「保護好她的安危，別讓她察覺，旁的隨她去。」

「是。」

陸雲箏當初跟系統一起選擇的地點，就在長臨觀後面一處不高的山坡上。說起來，謝長風當初甚至還陪她來看過馬鈴薯的嫩芽呢！

那時陸雲箏的想法很簡單，馬鈴薯這麼好的東西，當然要讓謝長風獻上去討好他那皇上親爹啊！只有多看看，將來才能說出個子丑寅卯，對吧？

過去陸雲箏不知道來了這裡多少趟，這些日子她又在腦中回想了無數遍，是以哪怕十年沒來，仍然熟悉得很，就連宮牆上的小洞都很快就找到了！

只是一別十年，這個洞好像變大了點？陸雲箏沒多想，撥開擋在洞外的雜草，低身就鑽了出去，身後的人雖然覺得奇怪，也只能跟上去。

她記得再往外走一段，就……

看著面前漫山遍野的低矮葉子，以及如星星般點綴在其中的藍紫色小花，陸雲箏一時怔住了。

【恭喜宿主完成新手任務，時長十年零三個月又九天，超越百分之九九點九的宿主，希望宿主再接再厲！】

明明是平平無奇的電子音，陸雲箏硬是聽出了那麼一絲嘲諷，她立刻在心裡跟系統對話。「對不起，我不是故意的，當年遇刺後我大病一場，失去了記憶，上個月才恢復，這不立刻就趕過來了嗎？」

【好的，原諒妳了。】

「謝謝？」陸雲箏有些哭笑不得。

【希望宿主能積極完成任務，彌補這十年的空缺。】

「好，我現在能接哪些任務？」

【任務發送中，請宿主察看！】

陸雲箏正納悶任務怎麼還需要發送，就見眼前一公尺開外突然出現一塊碩大的螢幕，下一刻上面就出現了密密麻麻的字，幾乎布滿了整張螢幕。

【宿主失憶的十年裡，任務自主生成，總計一千零一個任務，加油！】

陸雲箏無奈地表示。「任務有時間限制嗎？」

【宿主新手任務花了十年零三個月又九天。】

這個回答讓陸雲箏無言以對。行吧，她懂了。

第五章　意外收穫

陸雲箏開始認真察看任務，發現總體分為兩大類：經濟建設與文化建設。

經濟建設方面，農牧發展的任務占了絕大多數，接著是改善民生的，其中還夾雜了幾條改良武器的。

文化建設的任務目前不算多，系統解釋是因為如今百姓都還掙扎著求溫飽，談什麼追求娛樂？畢竟倉廩實而知禮節，衣食足而知榮辱。

陸雲箏越看越激動。這些任務涵蓋的範圍非常廣泛，只要照做，就能在最短的時間最大程度地改善百姓的生活！

最關鍵的一點，就是大部分的任務對於目前的她來說，都不算難事！「我能同時接多個任務嗎？」

【可以，但建議宿主合理規劃。】

陸雲箏在腦海裡跟系統溝通該如何有效完成任務，表情時不時有所變化，跟在她身後的幾人則是你看我、我看你，一臉茫然。打從自家主子進了長臨觀，舉止就變得有些特殊。

唯獨當年陪陸雲箏來過的白芷依稀有些印象，貴妃娘娘這是要來找當年跟皇上一起種下的東西嗎？

「誰在那裡?!」

一聲喝斥驚醒了陸雲箏，面前的螢幕也被系統收了起來。她轉過身，就見青黛押著一個宮女模樣的人跪在自己身前。

「娘娘，她在後面鬼鬼祟祟。」青黛說道。

白芷上前半步，擋在陸雲箏身前道：「妳是何人？為何在此？」

「奴婢是長臨觀負責打掃的宮女，有要事稟報娘娘。」

白芷看了陸雲箏一眼才問道：「有何要事稟報娘娘？」

宮女回道：「此事事關重大，奴婢只能說給娘娘一人聽。」

「放肆！」白芷怒道。

宮女忙道：「娘娘可先將奴婢五花大綁，奴婢要說的事，事關天下百姓，請娘娘明鑑！」

陸雲箏開口道：「既然事關百姓，直說便是。」

宮女猶豫片刻後才道：「奴婢發現了一樣可當飯吃的果實。」

不同於其他人的震驚，陸雲箏只略微挑了挑眉道：「先起來說話。」

宮女站起身，雙手緊張地交握，有些拘謹地說：「就在這後山，有一種埋在土裡的果實，吃一、兩個就能填飽肚子，一株能長很多果子，是奴婢無意間發現的。」

她在撒謊。陸雲箏沈下臉道：「此等大事本宮是要稟報皇上的，容不得半點作假，否則便是欺君之罪，妳最好實話實說。」

宮女嚇得跪下道：「娘娘贖罪，奴婢說的是實話，這後山確實有一種果實，奴婢幾人吃了好幾年都沒事，但……這果實不是奴婢發現的，奴婢並不是想要居功，只是、只是……」似乎是太害怕，說到後面時她哭了起來。

陸雲箏緩聲道：「這果實不論是妳還是誰發現的，都是天大的功勞，只是茲事體大，才需要妳仔細說個清楚，本宮好稟報給皇上。」

青黛俯身扶起那宮女，勸道：「我們娘娘最是仁慈，妳若有難處，直說便是，娘娘會幫妳想辦法的。」

片刻後，宮女如實道來。

她名叫三丫，被家人發賣為奴，當時年紀太小，性格也怯弱，在長臨觀的日子自然不好過，經常被其他太監跟宮女欺壓，食不果腹是常有的事。

後來她遇到了護衛季初一，他見三丫可憐，明裡暗裡幫了她不少，兩人就這麼成了朋友。

再後來，季初一家逢變故，只剩下一個年幼的妹妹十五，擔心她被親戚欺侮，他就偷偷把十五帶到長臨觀。

為了幫季初一照顧十五，三丫主動要求打掃最偏遠的幾個宮殿，宮殿裡都有供下人住的屋子，在徵得管事同意之後，三丫選了最靠近後山的位置，心想萬一被人告發，十五起碼有機會逃跑。

十五就是在管事突然過來察看的那次，溜到後山時發現了這種可食用的果實，當時她實在太餓，看到有小動物挖果實吃，她就跟著挖來啃。可是發現生的難以入口，便烤來吃，覺得相當美味，又能吃得飽。

「這幾年，我們手裡的銀錢大多給了管事，餓的時候就靠這種果實活下來，後來也試著自己種，察覺不難，就多種了些。」

陸雲箏可算是明白眼前這一大片馬鈴薯是怎麼來的了。「沒想到拿去換些銀錢？」

「奴婢們雖然身分低賤，卻也知道此事非同小可，所以沒敢私自拿去換錢。得知皇上要來，奴婢原想拿些銀錢去孝敬管事，看能不能安排奴婢去皇上附近的宮殿打掃，卻意外發現娘娘，便斗膽跟了上來，還請娘娘治罪！」

陸雲箏這才明白她先前為何撒謊，只道：「你們立下這等功勞，過往種種自是不必追究，況且你們並未做什麼傷天害理之事，大可安心。季初一應當在值守，那十五現在何處？」

壓在心頭多年的重擔瞬間卸下，三丫高興得有些語無倫次，半天才說明白。「她藏在我們偷偷在後山挖的地窖裡。」

陸雲箏是真心佩服這三個人，說道：「叫她過來，我們帶些果實回去，妳做幾道菜我嚐嚐。」

很快的，季十五被帶過來了，小丫頭看上去不過七、八歲，小臉圓圓的，個子不高，但並不瘦弱，能看出被養得很好。許是路上被交代過了，這會兒也不惶恐，只是乖巧地站在三丫身側。

陪三丫一同前去地窖的青黛回來後一臉震驚地說：「娘娘，他們囤了滿滿一地窖那種果實。」

三丫聽到這話，輕聲道：「不止一個地窖，我們挖了五個。」

陸雲箏一時無語。心想：雖然馬鈴薯原本產量就高，系統給的種更是精品，但你們是不是也太勤勞了些？

【建議宿主向他們學習。】

聽見系統插話，陸雲箏更是不知道該說什麼了……

謝長風一回宮殿，等著他的是滿滿一桌菜，以及笑盈盈的陸雲箏。

「皇上快過來嚐嚐這些新菜！」

謝長風順勢坐在桌前，任由陸雲箏殷勤地為他布菜，再仔細地品嚐每一道菜。

「味道如何？」

「軟糯清香。」謝長風笑道：「朕從未嚐過此等美食，妳從哪裡找來的？」

「我剛剛去了後山，遇到一個宮女，她特地來告訴我的。這是一種生長在土裡的果實，不僅能飽腹，而且種植容易，產量也高。」

聽著陸雲箏的話，謝長風的神情漸漸轉為嚴肅，身為心繫百姓的一國之君，他當然知道這意味著什麼。

陸雲箏明白他在想什麼，拉起他就往外走。「跟我來。」

片刻後，謝長風看著三丫和季十五俐落地挖出一株植株，只見下面連著十來個拳頭大的土黃色果實。

一株植株就能結出這麼多果實，那這漫山遍野一大片……饒是淡定如謝長風，內心都變得激動起來。

「除了這些，他們還挖了五個地窖，裡面也囤滿了果實。」陸雲箏湊到謝長風耳邊輕聲道：「舅舅不是缺糧草嗎？送這些果實給他，應當能解燃眉之急。」

何止是燃眉之急，眼下夏季未過，聽三丫的意思，這果實兩、三個月就能收成，今年還能再種一輪，那明年的糧草也不愁了！

回到殿裡，謝長風逕自去了書房，他要好好規劃一下才行。

季初一被帶到陸雲箏這邊，當他看到三丫和自家妹妹時，臉色頓時變了。

陸雲箏溫聲道：「你們發現了這果實，還私下摸索出種植方法，是大功一件。明明囤下這麼多，卻沒想過據為己有，反而一直守著。本宮厚顏，先替百姓道謝了，將來皇上必會昭告天下，讓大家都知道你們的功勞。」

他們三人之所以一直掖著藏著，一來覺得這是皇家別苑，所有東西都歸皇上；二來是認為這果實太重要，得稟報給皇上才能安心，哪裡想過會有這麼一天？

一聽到這話，三人不喜反驚，齊齊跪了下去。

「有什麼心願或有什麼想要的，都可以告訴本宮。」

看他們一副受了驚嚇的呆滯模樣，陸雲箏又道：「這果實屬你們最了解，往後少不得還要仰仗你們辦事，別怕，這都是你們應得的。這幾日就在本宮這裡住下，好好想想今後打算怎麼辦，商量好了再來告訴本宮便是。」

三人暈乎乎地點頭謝恩，隨後退出了殿內。

【請宿主接任務。】

聽到系統的呼喚，陸雲箏精神一振，等面前亮起熟悉的螢幕，立刻認真挑選起來。她打算接下所有種植任務，回京時就能直接帶走東西；至於養殖任務，常見的、個頭不大的，也可以挑著養一些。

【宿主，切勿貪多。】

陸雲箏動作一頓，這才發現自己已經勾選了三百多個任務，確實太多了。

「你有什麼建議嗎？」

她內心的話音剛落，螢幕上瞬間空了大片，只留下五十個任務，陸雲箏挨個兒看了一遍，覺得頗為合理，果斷接了下來。

【恭喜宿主完成馬鈴薯進階任務一（種植馬鈴薯五十畝），積分加五！】

【恭喜宿主完成馬鈴薯進階任務二（種植馬鈴薯五百畝），積分加五十！】

陸雲箏有些傻眼地問道：「這都是他們三人完成的嗎？」

【請宿主向他們學習！】

夜裡，陸雲箏已墜入夢鄉，謝長風睜開眼，看著她唇角帶笑，似乎夢裡也有好事，不由得跟著笑了起來。

真當他都忘了？那果實他早在十年前就見過了，當初還是這丫頭拉著他一同偷偷摸摸種下的，種下之後，還每隔幾天就去看一回，只是沒想到，這瞧著不起眼的東西，竟然是這樣的寶貝。

自從陸雲箏恢復記憶之後，似乎就多了些小秘密，謝長風對此並不在意，她依然滿心滿眼都是他，這就足夠了。

然而到了今日，謝長風才知道陸雲箏這些日子都在盤算什麼，原來早在十年前，她就已經開始為他謀劃了……

何其有幸，今生能與她相見，得她青睞！

「將軍，聽說京城送好東西來了？」孔戟的副將鄭衍忠得到消息，興沖沖地趕了過來。

孔戟仔細地收攏面前的畫卷，放回匣子裡，聽到來人問話，頭也不抬地說：「是不能吃的好東西。」

看到畫卷，鄭衍忠罵道：「送這勞什子東西有屁用！去年將軍生辰，朝廷好歹還送了些糧草裝裝樣子，怎麼，眼看著沒仗打了，打算餓死我們？」

「去年收成比往年減了三成，實在擠不出餘糧，要等今年秋收過後再議。」孔戟回道。

「狗屁連天！」鄭衍忠想罵娘，可對著一臉淡定的孔戟，話到了嘴邊又嚥了回去。誰讓將軍長得那麼好看呢，跟個白面書生似的，哪裡像個行軍打仗的粗人，不好講些有的沒的讓他聽。「皇上也沒說什麼？」

孔戟拿起信紙晃了晃道：「送了銀子，讓我先想辦法採購一些糧食，不能餓著將士們。」

鄭衍忠摸了一把鬍子，嘆了口氣道：「這兩年全靠將軍和皇上拿私房補貼了，可這樣下去不是個事啊，皇上自個兒都難呢。」

「總有辦法的。」孔戟看完信就順手燒了，直到見那幾張紙徹底化為黑灰，這才收回目光道：「過兩日，我出去採購糧草，你留下坐鎮。」

鄭衍忠瞪眼道：「這事不都是我們輪流去的嗎？」

採購糧草本該是糧草官莫啟恩的事，但自從去年初被人劫過一次之後，孔戟就派將士們輪流處理了。

「皇上在長臨觀，我要去見他一面，此事你一人知曉便罷，想個辦法讓我能順理成章出去。」

鄭衍忠點頭道：「行，末將懂了。」

當天傍晚，不少將士們忽然上吐下瀉，整個軍營裡都是哀號聲，間或夾雜著搶茅廁的叫罵聲。

原來鄭衍忠上午離開孔戟的帳篷後，藉著心情不好的由頭，邀幾個人去附近的山林逮了幾隻獵物，又摘了些蘑菇回來熬湯喝，結果那蘑菇裡頭夾了幾個有毒的。軍中素來吃大鍋飯，沒有開小灶的習慣，這就放倒了一大片。

孔戟面無表情地說：「好了之後自去領罰。」

「是！」惹禍的幾人縮著腦袋不敢吭聲，這若是放在戰時，打死都是活該！

孔戟道：「採購糧草是大事，耽擱不得，此番就由我和鶴鳴去吧。」

眾將士自是沒有異議，誰讓他們喝了毒蘑菇湯呢？得吃上好幾天解毒藥才行。

看著宗鶴鳴，有將士說道：「你小子怎麼就沒事？說起來，前天好像就沒瞧見你了！」

宗鶴鳴笑道：「家裡來了書信，我嫂子生了個胖小子，這不，急著準備禮物，就沒顧上吃飯，倒教我逃過一劫。」

「呿！沒義氣！」

孔戟沒說什麼，淡淡掃了宗鶴鳴一眼，便移開了視線。

商議好具體行程，孔戟和宗鶴鳴分別帶著小隊人馬連夜出行。

宗鶴鳴騎馬跑了一段，突然扭頭看向另一個方向，只見孔戟已經連人帶馬領著隊伍沒入夜色之中，依稀只剩一小團黑影。

緊跟在宗鶴鳴身側的士兵下意識地抬頭看向他，宗鶴鳴便收回視線道：「走吧。」

另一邊，行至後半夜，孔戟突然掉轉馬頭，換了個方向行進，身後眾人動作一致地勒馬換道，沒人提出質疑。

季初一的願望簡單而樸實，就是想讓三丫脫離奴籍，然後娶她，最好再有個一畝三分地，一家人能安安穩穩過日子。

三丫當下大哭，然後痛罵了他一頓，這麼好的機會，當然要建功立業，怎麼能只顧兒女情長?!

季十五被兩人用心照顧長大，雖然幹活很俐落，但心性單純，只道：「我也希望姊姊能當我嫂子，我們一家人過一輩子！」

三人哭鬧了半宿，讓人想聽不到都難，隔天一大早，白芷就對陸雲箏說了這件事，末了嘆道：「當真是有情有義啊。」

可不是這樣？若非心性好，哪裡守得住這座金山這麼些年？

「不如娘娘就成全了他們？」白芷問道。

陸雲箏搖搖頭說：「他們三人孤苦無依，不論本宮賞了什麼，都未必能保住。」人心險惡，季十五當年差點就被嫡親的二叔賣給人牙子了，否則季初一也不會冒險將她帶在身邊，藏在長臨觀。

在三人小心翼翼提出要求後，陸雲箏道：「三丫的賣身契現在就可以給你，若想要成親，本宮可以替你們操辦。

「另外，本宮想問問你們，可願意為本宮辦事？」陸雲箏道：「這種果實勢必要好好推廣一番，讓百姓都能飽腹，如今只有你們三人最懂如何種植，本宮想讓你們去教別人。」

這是陸雲箏昨晚就決定好的，這麼厲害的種田小能手，既然沒有太大的野心，也沒有太好的去處，那就來為她做事吧。與其單純給一塊地，不如交些事情給他們做，不但享有高職、高薪，等建立了一定的名望，旁人想動他們也沒那麼容易了。

在季初一和三丫他們看來，這已是天大的恩賜，自是歡歡喜喜地應下，謝長風那邊也抽調了一些人手，專門向季初一和三丫學習如何種植。

季十五則被陸雲箏留在身邊，給了一些蔬菜瓜果的種子讓她拿去種。並非陸雲箏偷懶，而是翻地種菜這種事，她兩輩子加起來就沒做過幾回，還是別浪費時間了……

第六章　出謀劃策

這兩日，陸雲箏從系統那邊得知，她雖然穿進了書裡，但這本書自成一個小世界，這裡的一切都是真實存在的。

小世界的形成是隨機的，如果天下大亂、怨氣沖天，那這方小世界很快就會崩塌。早些年經常有小世界形成又崩塌，後來就有系統進行干預與維護。他們會選擇合適的宿主，引導並輔佐宿主進行基礎建設，改善居民的生存環境，維護小世界的穩固。

是以除了新手任務需要陸雲箏親手操作外，其他任務的要求就較為寬鬆，只要達到「普及」的目的即可，這樣一來，陸雲箏能做的事就更多了。

然而陸雲箏不知道的是，系統之所以放寬任務條件，是因為她失憶了十年。這十年當中，這方小世界的發展著實稱不上好，依照模擬數據推算，最多再過四、五年，就會出現末世預兆，最終走向崩塌。

如果照規矩嚴格要求，只怕會來不及。不過看陸雲箏這個宿主最近努力上進的樣子，系統覺得未來還是有希望的。

「說起來，這果實該起個名字了。」陸雲箏說道。

謝長風笑道：「妳想叫什麼？」

陸雲箏故作謙虛道：「還是皇上來吧。」

謝長風沈吟片刻才道：「朕看它的形狀與馬鈴鐺有幾分相似，又跟豆薯一樣生長在地下，不如就叫馬鈴薯吧。」

陸雲箏心想：這人怎麼搶了我的臺詞！

【宿主十年前曾跟他說過同樣的話。】

她都忘了這回事！那謝長風豈不是知道這些馬鈴薯到底是怎麼來的了？

「這個名字如何？」謝長風問道。

「不錯！是個好名字，就這麼叫吧！」陸雲箏稱讚道。不就是裝傻，誰不會？

謝長風看到某人眼底那抹心虛和滿滿的狡黠，心下一動，將人攬進懷裡，低頭吻了下去。

陸雲箏猛地睜圓了眼含糊道：「做什麼……這是書房！」

謝長風手指靈活地扯開繫帶，攀上玉脂般滑膩的肌膚，在她耳邊低笑道：「正好試試。」

不過兩三下的工夫，陸雲箏腰都軟了，卻不肯承認自己內心的悸動。「不要……皇上，不要！」

這口是心非的嬌軟腔調教人欲罷不能，不知過了多久，謝長風饜足地嘆了一聲，將懷裡羞得不肯抬頭的人攔腰抱起，放在貴妃軟榻上，轉身差人送水來。

陸雲箏扯過薄被蓋住頭，忍不住回想起細滑的筆尖在肌膚上遊走的觸感，感覺整個人都熱起來了。

謝長風怎麼能這樣，不就是騙了他一回嗎，怎麼能在她胸前畫馬鈴薯？還是連枝葉帶果實地畫了個仔仔細細，畫完還要她在鏡子前看，簡直羞死人了！

經過這次，陸雲箏徹底破罐子破摔，懶得再找藉口了，直接說那些當種的馬鈴薯是謝長風替她尋來的。

謝長風任由她胡鬧，只在夜深人靜之際問道：「這些東西需要什麼代價才能拿到？會不會對妳自身有損？」

陸雲箏明白他的意思，回道：「不會，反而大大有好處！」

謝長風自幼便知道陸雲箏異於常人，只是失憶後那些能力都消失了，如今再次出現，他竟也不意外，只是擔心會折她的壽命。

為了讓謝長風相信，陸雲箏道：「當年我能活下來，也是因為得了那好處。」

謝長風不禁擁緊她道：「保護好自己。」

在他們抵達長臨觀的第五日，陸銘來了，他本就待在附近的永錦縣，收到謝長風的親筆信後，就跟著護衛前來。

原本清冷的長臨觀頓時變得熱鬧，隨謝長風同來的大臣們腰也不痠、腿也不軟了，一個個爭相邀請陸銘，可他誰都沒理，只看著自家寶貝閨女笑呵呵。

陸雲箏有兩年多沒見陸銘，內心也極為思念。雖然她恢復了記憶，憶起前世種種，但來到這裡重生以後，到底與陸銘有多年的父女情分，瞧見他就忍不住撒嬌。「爹爹！女兒好想您！」

陸銘白胖的圓臉笑起來神似彌勒佛，說道：「爹也想妳，妳這丫頭，來了這裡怎麼不早說，爹好早點過來等妳。」

等到父女倆膩歪夠了，謝長風才道：「老師。」

陸銘頷首道：「這兩年，你做得不錯。」儘管謝長風在朝廷施展不開身手，但他這個老師還是明白自己的學生有多努力。

謝長風微微鬆了鬆握住的拳。面對這位自幼教導他的帝師，他總會不由自主地感到緊張，能得到他一聲「不錯」，便是褒獎了！

當晚，謝長風和陸銘在書房裡待了半宿，出來時，兩人的臉上都帶了笑意。

難得一個人入睡，陸雲箏跟系統打交道。「可以看看商城嗎？」

【稍等。】

片刻後，陸雲箏眼前出現螢幕，上面列著一排排整齊的圖片，下方標注了商品名和所需的積分，一眼望去，全部都只要一積分就能購買——這麼便宜？

然而等陸雲箏看清楚，就發現商品幾乎都是種子，名字還都很眼熟，可不就是她剛接了任務的那些嗎？而且標價是一積分一粒種子，只有排在第一的馬鈴薯最便宜，一積分能買到五百顆馬鈴薯。

【宿主目前積分六十五，購買權限內的商品都在這裡了，請宿主再接再厲，多完成任務，多攢積分。】

陸雲箏也不失望，仔細察看每一樣商品，遇到不熟悉的還會點開來看詳細介紹。

這些種子跟她上一世常見的果蔬種類差不多，不過都是經過系統精心培育的超級種子，即便面對各種惡劣環境，也能保證產量和口感。這些東西大部分都能夠透過接任務獲取，少部分一時半刻也不急著種。

看到最後，陸雲箏發現有兩個不一樣的商品，她頓時眼睛一亮。

一本是名為《馬鈴薯種植指南》的書，售價五十積分；另一本是《海鹽精製法》，售價一百積分。

陸雲箏早就想過要製作海鹽，畢竟鹽的重要性不言而喻，可她雖明白原理，卻實在不知道具體操作方法，也沒有海水能供她試驗，就想看看能不能透過系統取得，沒想到還真的有，而且積分也不算太多。

不過種植馬鈴薯也是關乎民生的大事，光靠季初一和三丫摸索出來的那點經驗肯定不夠，況且長臨觀的馬鈴薯是系統提供的超級品種，能抵抗病蟲害、產量高，繁殖力又強，而之後種的馬鈴薯就說不準了，還是要防患未然才行！

思量許久，陸雲箏還是兌換了《馬鈴薯種植指南》。這幾年收成一年不如一年，再加上地方官員暴斂橫徵，百姓的日子過得很艱難，賣兒賣女這等情事常有，舉家為奴的情況也不少見。

在點了「確定購買」後，那本指南就進了系統的儲藏空間。陸雲箏取出一瞧，雖然外表是線裝書，但裡面的字卻是印刷體，不能直接拿出去讓人看，得謄抄一遍才行。

謝長風回來時，陸雲箏還在翻看那本指南，心想先熟悉一下內容，回頭謄抄起來會更快。

看見謝長風，陸雲箏隨手將書放到一邊道：「皇上。」

「怎麼這麼晚還沒睡？在等朕？」

陸雲箏起身替他更衣，說道：「睡不著，便看了會兒書。」

「朕和老師商議了一下該如何處置馬鈴薯。」

「不交給戶部嗎？這次崔大人也來了吧？」農業屬戶部職責，由戶部尚書崔鴻白處理再正常不過。

「崔大人雖有心卻無力，他年事已高，那些人早就等著他致仕了。」

那倒是，如今朝廷大權都握在輔佐大臣手裡，再加上其他皇親國戚、簪纓氏族，幾乎壟斷了各行各業，為了壯大己身，他們不擇手段，賣官鬻爵這種事都快被拉到檯面上了，整個朝堂烏煙瘴氣。

陸雲箏不由得嘆了口氣。若非崔氏是傳承幾百年的世家大族，崔鴻白又出身嫡系，怕是早坐不穩戶部尚書的位置。

即便如此，崔鴻白依舊被束縛住手腳，只能眼睜睜看著朝堂一日比一日腐敗，看著天下百姓一年比一年悽苦。許是看出皇朝衰敗之氣，崔氏一族這些年已經無人出仕。

「崔大人他……也想致仕嗎？」

「老師說他若想走，早就走了。」

陸雲箏輕笑道：「那便是了，崔大人憂國憂民，若是讓他知道有馬鈴薯這麼好的東西，自然不捨得致仕。」

聽到這與陸銘相似的回答，謝長風也笑了起來。「那明日就讓他來瞧瞧。」

陸雲箏歡喜道：「我近日研究了幾道馬鈴薯的新料理，正好請崔大人來試試。」

「好。」

兩人靠在一起輕聲說話，不知不覺便一同睡了過去。

第二日，陸雲箏親自在廚房裡監督，指導手藝最好的玉竹燒了滿滿一桌好菜。

聽聞皇上和貴妃在抵達長臨觀的第一天便去了後山，崔鴻白就猜到他們這一趟怕是另有謀算。

謝長風是他看著長大的，雖然一直寵著陸雲箏那丫頭，但還是有分寸的。再說了，即便他腦子發熱非要來，那丫頭也不會隨便同意，既然一道大老遠地前來，必有所圖。

崔鴻白後來也踱去後山看了一下，卻沒瞧出什麼不同，只見漫山遍野的低矮葉子，不過那野花還挺別致的，看得他都想賦詩了。

接下來崔鴻白等到了陸銘，雖然邀約被拒，他卻撫了撫花白的長鬚，哼著小曲，一點都不介懷。

「叔公，陸先生不肯應邀，您還這麼高興？」崔鴻白的姪孫崔子言問道。

崔鴻白笑道：「他今日拒了我，明日必來請我。」

「為何？」

崔鴻白笑而不語。

第二日一早，崔鴻白正在廊下逗弄籠子裡的八哥，就見崔子言急匆匆走過來道：「叔公！陸先生邀您過去一敘。」

「都多大的人了，穩著些。」

崔子言忙站直身子回道：「叔公教訓得是！」

「態度倒是好，就是屢教不改。」

把八哥逗得炸了毛，崔鴻白這才丟下小棒子，轉身慢悠悠地往外走。「今日不必跟著我，自個兒玩去吧。」

「叔公，您少喝點！」

「囉嗦！」

陸雲箏見過崔鴻白，與他閒話幾句話之後便乖乖退回暖閣，安心謄寫《馬鈴薯種植指南》。

為她研墨的依舊是白芷，瞧自家主子不知又從哪裡弄出一本怪書，她已見怪不怪，只是看著厚厚一本書，再看自家主子慢吞吞的動作，她忍不住說：「娘娘，要不奴婢來幫您吧。」

陸雲箏想了想，覺得也行，當即用小剪子剪了書脊，可把白芷心疼壞了。

「娘娘您歇著就好，奴婢來謄抄就是，何必將好好的書給拆了？」

陸雲箏頭也不抬地說：「去把青黛她們三個叫來，讓小包子在外頭守著，別讓人靠近。」除了幾個貼身侍女，她最能託付的下人就是太監小包子了。

等人到齊，陸雲箏就按照目錄將書分成幾份，一人取一份謄抄。

青黛幾人看著面前淡黃色的薄薄紙張上有密密麻麻的小字，每個字都大小相當、排列得工工整整，好似拿尺量過一般，不禁有些驚嘆。

她們這是第二次面對陸雲箏的奇特，一時之間有些控制不住神情。

白芷一副過來人的口吻。「娘娘稀奇古怪的東西多了去，往後妳們就知道了，快來謄寫吧！」

三人回過神，連連點頭。

陸雲箏道：「不必寫得太工整，這是印刷出來的，不是手寫的。」

「印刷？」菘藍好奇道。

陸雲箏回道：「對，等我們回宮，也琢磨琢磨這個。」

白芷的眼神滿是驕傲，自家主子可真厲害！

崔鴻白到底還是喝醉了，陸銘也差不離，兩個加起來都百歲的人了，這會兒正舉著筷子在殿內手舞足蹈，嘴裡還唸著飛花令。

「飛花令」是飲酒時一種特有的助興遊戲，需要強大的詩詞基礎。謝長風剛開始還能跟著應上幾句，但很快就敗下陣來，到底不是這兩位大文豪的對手。

崔鴻白遙遙向謝長風點了點筷子道：「你還差得遠呢！」

謝長風躬身道：「學生慚愧！」

誰知崔鴻白不滿意地說：「你是他的學生，不是我的，老夫可沒這麼蠢的學生！」

陸銘不樂意地回道：「那是你把蠢的都在關家裡不讓出來！」

崔鴻白吹鬍子瞪眼道：「好啊，我讓子言過來，現在就比比！」

「比就比！就你家那個子言，那麼笨，也好意思帶來！」

眼看兩人就這麼吵起來，謝長風唇邊的笑意加深，最後竟忍不住哈哈大笑。

崔鴻白道：「這臭小子真不懂禮數，該打！」

陸銘點頭道：「該打！回頭就打！」

說著說著，兩人又接起了飛花令。

崔鴻白跟陸銘一連喝了三天，直到孔戟趕來。他這趟可說是披星戴月、日夜奔波，若非挑選的坐騎都是萬里挑一的良駒，怕是要撐不住了。

孔戟一來，幾個人就你一言、我一語地討論了起來。

「如今邊關穩固，可以讓士兵們輪流開地種田。」

「這如何能行？將士們為國戍邊，還要他們自個兒種糧草，教我們以何顏面安居？」

「戰時自是不能，但眼下並無戰亂困擾，與其坐以待斃等著朝廷送糧，倒不如自給自足。」

「讓士兵開地種田，不如先考慮幫他們成家立業。」

「說得容易！當年城破時，方圓幾百里內百姓十不存一，如今土地亦是貧瘠荒蕪，上哪去找那麼多適齡女子？」

「前朝曾將罪臣之女送給將士們婚配。」

「這怎麼成？且不說她們個個嬌滴滴的，不知能否適應邊關，萬一有那心懷不軌之人挑唆將士們，豈不成了禍害？」

此時陸雲箏忍不住說道：「可在各地牙行買些人去邊關，若是踏實肯做事，就為他們脫去奴籍，於當地落戶，裡面總會有合適的姑娘。」

因為有發現馬鈴薯的功勞，陸雲箏才能厚著臉皮賴在這裡旁聽，她原本想乖乖閉嘴的，這會兒卻忍不住提了個小意見。

孔戟笑道：「此法倒是可行，只是所需銀兩太過龐大，若無朝廷支持，怕是無力為繼。」

陸雲箏見幾人都帶著鼓勵的目光等她開口，便道：「眼下有馬鈴薯，能省下買糧草的銀子，不如先拿來買些人回去試試。若是當真可行，再慢慢想法子擠出銀子，人就在牙行，隨時都能買。」

對陸雲箏來說，她算是站在食物鏈頂端的人，而且還背靠皇上這棵大樹，以致恢復記憶以來從沒想過賺錢，畢竟誰能料到地主家也沒有餘糧呢？

不過今日這件事倒是給她提了個醒，想在全國各地展開基礎建設，那需要的人力、物力與財力難以計數，必須有足夠的金錢。

《海鹽精製法》絕對是隻能生金蛋的母雞，奈何積分不夠，只能先想別的法子了。

正琢磨著，陸雲箏的面前突然浮現一塊小螢幕，上面顯示了一項任務——肥皂！

對啊，怎麼就忘了這種好東西呢？製作方法簡單、成本低廉，而且還是消耗品，幾乎能保證客源不會斷。

系統交付任務的時候很貼心，將原料以及製造過程都寫得很明白，填鴨式傻瓜教程，包學包會！

陸雲箏仔細看了一遍，覺得還算容易，迫不及待就想試試。

第七章　發憤圖強

材料是青黛親自準備的，豬油、火鹼、鹽巴、水，還有幾口鐵製的湯鍋以及一桿小秤。

白芷興致勃勃地問道：「娘娘想做什麼？」

陸雲箏不敢託大，只道：「先試試看能不能做出來吧。」

製作肥皂說起來不難，在鍋內加入水和火鹼，等全部均勻化開後再添入豬油，一邊加熱、一邊攪拌。

煮沸後改用小火，繼續加熱攪拌，使油脂充分皂化。待皂化完成後，再添加鹽促使其凝固，接著就是靜置兩、三個時辰，凝固成型後基本上就可以了。

總體來說這就是個考驗耐心的工作，其中唯一不好控制的就是皂化的完成度，不過有系統提示的對比卡片，應該不成問題。

然而，就是這麼個看起來不難的活兒，陸雲箏還是失敗了，而且不止一次。

不提陸雲箏多次嘗試失敗，謝長風這兩日也不得閒，難得能見陸銘和孔戟一面，有很多事需要商量，更何況還意外拉攏了崔鴻白這個戶部尚書，那可是手裡掌著國庫的人啊！

許是不太看好謝長風這個被挾持的年輕新皇，崔鴻白以往在朝堂上並不熱絡，凡事推得一乾二淨，平日最愛的是遛鳥聽戲，可把其他人恨得牙癢癢的，偏又奈何不了他。

先皇這輩子做過最睿智的一件事，大概就是讓崔鴻白擔任戶部尚書，這才讓國庫不至於被早早蛀空。

只是，此刻正扠著腰跟陸銘爭得面紅耳赤的崔鴻白，哪裡還看得出半分昔日的閒散？

「此等利民的好東西，怎能妄想私吞？縱然朝中有奸臣，但天下百姓是無辜的！」崔鴻白怒道。

「我這不也是要交給百姓？只不過是避開了朝廷而已。」陸銘話鋒越發犀利。「利用厚生的道理你不懂？若讓你把馬鈴薯帶回京城，如何能保證它們可以一個不少地落到貧苦百姓手裡？」

「老夫掌管戶部多年，自然有得是法子！」

「多年遛鳥聽戲？」
「你……」
「戶部如今是什麼樣子，你心裡沒數？」
謝長風和孔戟似乎對此習以為常，孔戟甚至還拿炸薯條吃了起來，讚道：「只是過油炸一炸就能有如此美味，還能飽腹，當真是好物。」
「確實如此。」
「臣明晚啟程。」
謝長風頷首道：「京城那邊恐怕已經得了消息，這幾日應當就會有人過來討要馬鈴薯，舅舅先離開也好。」
「好。」
「臣年底回京。」孔戟又道：「請皇上代臣轉告太妃，她的事臣記著了。」
煜太妃具體請託了什麼事，謝長風沒問，孔戟也不打算說。
謝長風舉了舉手裡的茶杯道：「預祝舅舅一路順風。」
「皇上也多保重。」

在陸銘和崔鴻白吵出結果之前，陸雲箏總算做出了肥皂，雖然醜了點，但去污能力可是現有的產品完全無法比擬的。

【恭喜宿主完成皂基製作，積分加五！】

陸雲箏將肥皂切成幾塊拿去分給眾人，再建議大家洗個澡，好好體會一下肥皂的妙處。

「這可真是個好東西啊！」從浴房出來之後，崔鴻白只覺得整個人都鬆快了不少，連帶著火氣都降下去了。「就是味道不太好。」

陸雲箏笑道：「那下次本宮試試添些香料進去。」

崔鴻白笑得和藹道：「娘娘若是想用這來賺銀子，倒是條不錯的財路，只是這肥皂做起來可容易？成本如何？」

陸雲箏留了點小心思，回道：「成本不算太高，只是做起來頗費時間。」

崔鴻白是何等人精，也不戳破，只笑道：「若是娘娘打算製些來販售，可否先為老夫預留一些？」

只見陸銘哼了一聲道：「我閨女搗鼓出來的東西，你若想要，直說便是！」

陸雲箏淺笑道：「已經在做了，等做好就給您送去。」

崔鴻白撫了撫長鬚，沒有拒絕。

陸銘藉機道：「崔老哥，這批馬鈴薯送到百姓手裡是能救命的，你若實在想要，等三個月後便有了，何必非要爭這一時？」

崔鴻白張了張嘴，終是長嘆道：「罷了罷了，就如此吧。」

謝長風知道這幾日陸雲箏在搗鼓新玩意兒，卻沒想到又是一樣好東西。

「這肥皂做起來簡單，成本也低，主要靠豬油、火鹼和少量食鹽製成，不僅如此，還能製成各種模樣，甚至有不同的顏色和香味。咱們不是缺銀子嗎？等肥皂做出來以後，好看的就專門賣給達官貴人，至於價格，自然是越貴越好，畢竟物以稀為貴嘛！」

謝長風誇讚道：「朕的愛妃怎麼如此聰慧？」

陸雲箏大言不慚地說：「我生來便知道，只是一直沒想起來罷了。」

謝長風忍不住捏了捏她的臉，又俯身親了兩下。

陸雲箏偏了偏頭，又道：「另外，我還想再製些簡單的，就以成本一倍的價格賣給百姓，讓大家都能用上。」

謝長風微微一怔，柔聲道：「好，都依妳。」

「只是，這製作方法算簡單，怕是很容易就洩漏出去了。」說著，陸雲箏細細講了一遍肥皂的製造過程。「其實真的不難，就是費時，也有點費人力。」

謝長風認真聽完，心裡便有了譜，道：「此事交給朕。」

陸雲箏原本就打算這麼做，有一棵大樹在身後，自然要靠一靠。

徹底交出生產方面的重擔之後，陸雲箏又開始興致勃勃地計劃該如何銷售，是清風細雨地慢慢滲透，還是大張旗鼓地一炮打響？

經歷過資訊大爆炸時代，陸雲箏什麼樣的宣傳行銷手段沒見識過，該煩惱的是要選哪一種。與此同時，還要針對肥皂多設計一些花樣，才能騙……啊不，賣更多的錢。

陸雲箏指著桌上的圖紙問道：「玉竹，妳看這幾個造型好不好看？」

白芷性子活潑、玩心重，這會兒還在跟肥皂較勁，陪在陸雲箏身邊的是素來沈穩內向的玉竹，聽到這話，她回道：「奴婢覺得都好看。」

陸雲箏笑了笑，又問：「那妳最喜歡哪個？」

玉竹仔細看了看，說道：「奴婢最喜歡竹子的。」

「那好，等回頭做出來，先給妳試試。」

玉竹規規矩矩行了個禮說：「奴婢謝娘娘恩典！」

「起來說話。」陸雲箏無奈道：「妳啊，若是能跟白芷中和一下該有多好。」

玉竹不懂「中和」是何意，也沒想過要問，倒是白芷歡快的聲音自門外傳來。「娘娘，您在誇奴婢嗎？『中和』又是何意？」

「就是讓妳別那麼活潑，讓玉竹再活潑些。」

「那可不行！」白芷笑嘻嘻道：「娘娘您看，奴婢也做好了！」說著，她將手裡捧著的肥皂遞到陸雲箏面前。

陸雲箏垂眸看去，見還算平整的肥皂上刻了一朵小花，許是還不熟練，或是不好下筆，線條歪歪斜斜的，只依稀能看出個大概，但算是不錯了。

「做得真好！賞！」

「謝娘娘！」白芷笑得眼睛都瞇起來了，一旁的玉竹則是盯著那塊肥皂，若有所思。

得知孔戟馬上就要離開，陸雲箏的四個侍女連夜製了一批肥皂，雖然失敗了大半，但成功的也不少，其中有幾塊甚至做成了半圓柱體，圓胖胖的，中間還有竹節，看得陸雲箏驚嘆不已。

「這是誰做的？如此精巧！」

三人的目光齊齊轉向玉竹，就見玉竹微紅著臉，細細道來。

原來她昨日受到啟發，砍下幾節竹子，對半劈開，中間用竹片隔成大小合適的部分，另外又削幾個竹節大小的細棍子放在每個隔間區域的中間，在皂液製成之後將其倒入，於將乾未乾之際，再用刀片將作為底部的那一面刮平。

等皂液徹底乾了，倒扣出來，取出細棍子，再仔細雕琢一番，就成了一個個竹節模樣的肥皂。

陸雲箏讚許道：「玉竹素來手巧，做這種事最是擅長不過。」

「其實也不是奴婢一個人的功勞，若非三位姊姊幫奴婢照看皂液，奴婢也製不成這個。」

菘藍笑道：「姊姊們手笨，就做皂液；妳手巧，就做精細的活兒，不正合適嗎？」

白芷不服氣地說：「昨日我也雕了花呢！」

青黛挑了挑眉，說道：「妳那也能叫花？也就是娘娘心軟，才會賞妳。」

玉竹忙道：「奴婢確實是跟白芷姊姊學的。」

這功勞白芷可不敢當。「妳這做的可比我強多了！」

陸雲箏笑道：「妳倒是有自知之明。別謙讓了，總歸是妳們一道做出來的，都有賞！」

經此一事，陸雲箏不得不承認，自己在藝術方面的天分，還不如這幾個丫鬟。

於是陸雲箏不再自個兒琢磨了，她拿出已經畫好的幾張圖紙，對她們敘述了一下概念，然後就讓她們各自發想、集思廣益。

至於她自己嘛……當然是要想一下怎麼去找客戶啦！

四個貼身伺候的侍女被委以重任，如今跟在陸雲箏身邊的是兩位嬤嬤，都是謝長風的乳母。

「皇上現在何處？」陸雲箏問道。

其中一位嬤嬤回道：「皇上與幾位大人去了後山。」

陸雲箏頷首，也準備過去，可剛到院子就見季十五氣喘吁吁地跑過來，匆匆行了個禮，歡喜道：「娘娘！您給奴婢的種子發芽啦！」

「這麼快！發了幾顆？」

季十五的聲音瞬間弱了幾分，回道：「只發了一顆。」

陸雲箏笑道：「那也很好了，十五當真厲害。」

聽到這話，季十五又高興了起來。「娘娘要去看看嗎？」

季十五到底年幼，這些年又遠離人群，被季初一和三丫護得緊緊的，性子很是單純。起初還記著哥哥與姊姊的叮囑規矩行事，幾日下來見大家都對她很好，貴妃娘娘也和藹可親，膽子就大了起來。

陸雲箏當然想看！片刻後，她就和季十五蹲在一起，一同盯著面前剛剛從土裡冒出來的那一抹嫩綠。

「娘娘，這能長出什麼？」

陸雲箏搖頭道：「本宮也看不大出來。」她這次給了季十五大約十餘種蔬菜瓜果的種子，都是系統建議這個時節種的。

【是辣椒。】

陸雲箏眼睛頓時亮了，竟然是辣椒！「這應該是好東西，妳仔細照顧著。」

季十五認真地應了。

繼續盯著那小苗看了一會兒，腦子裡暢想了各種辣味美食一番，陸雲箏終於起身道：「本宮要去找妳哥哥，要不要同去？」

季十五連連點頭道：「要的、要的！」

陸雲箏便帶著她一道走了。

這些日子，三丫和季初一忙得腳不沾地，一方面要教人如何種植、收穫與儲存，一方面要趕緊挖出已經成熟的果實，更要趁著天氣好種下發芽的馬鈴薯。

並不是每個人都會務農，特別是孔戟帶來的那些人，或許他們都是打仗的好手，但幹起活來就只會添亂，三丫和季初一早已被氣得沒了脾氣。

這也是為何崔鴻白不放心就這麼把馬鈴薯給分下去的原因，他怕好東西被糟蹋了。不過陸銘有自己的考量，崔鴻白只得將手下的人抽一些過來幫忙。

到底是戶部，總歸有擅長農事的，而甘願在戶部務農的人，幾乎都是崔鴻白的門生，這趟出行大多跟了過來。

陸銘也在當地找了些務農好手過來協助，日夜搶收之下，總算在短短幾日的工夫內，把要讓孔戟帶走的馬鈴薯給準備好。

剩下的馬鈴薯要分作幾批，偷偷送往今年災情最為嚴重的幾個縣；種在長臨觀的這一片，則交由崔鴻白處置，也就是經由他的手交給朝廷。

跟著謝長風過來的大臣多得是辦法往京城遞消息，來攔截馬鈴薯的人都在半路上了，因為當中有兩位身居高位，隊伍行進的速度不算快，估計還有六、七日才會到。

如今馬鈴薯都分完了，謝長風自然沒必要繼續待在這裡。

陸銘說道：「皇上這兩日啟程回京吧，此地有老夫和崔大人就夠了。」

謝長風從善如流道：「辛苦老師和崔大人了。」

陸銘看了崔鴻白一眼，道：「只要皇上不忘初心，老夫的辛苦便不算白費。」

崔鴻白的語氣亦是難得的溫和。「皇上言重了，這是臣分內之事。」

孔戟望著不遠處一車車裝好的馬鈴薯，默然不語。他一心守護的外甥，也許終於等到能展翅的時機了。

陸雲箏過來的時候，就見他們幾人正談笑風生，她臉上不由得浮現笑意，快步上前，將準備好的小匣子分別遞給崔鴻白和孔戟。

給孔戟的那個匣子裡除了肥皂，還有一本《馬鈴薯種植指南》，是在問過謝長風之後決定給的。不論從眼前還是長遠來說，在邊關種植馬鈴薯這件事都很重要。

只要能讓馬鈴薯扎根繁殖，就能養活那些被迫賣身為奴的人，繼而容納更多人口，若是能以此為契機，在邊關建一座熱鬧繁華的城鎮，與鄰國通商，或許也能減少彼此之間的摩擦。

至於崔鴻白，他太聰明了，謝長風不願陸雲箏這種猶如神臨的本事讓旁人知曉，準備日後再慢慢透露給他，所以這會兒匣子裡裝的就只是先前答應過的肥皂。

京城皇宮裡，煜太妃斜靠在貴妃榻上，一手托著茶盞，一手捏著茶蓋，正一下一下撥動著茶水，看茶葉隨水波輕輕搖擺。

「靜菡。」

「奴婢在。」

「妳來本宮身邊多久了？」

「娘娘，奴婢伺候您十九個年頭了。」

煜太妃笑嘆一聲道：「時間過得真快。」

靜菡輕笑道：「娘娘怎的突然生了這感慨。」

「本宮記得問過妳幾次，妳想走還是想留。」煜太妃輕聲細語道：「妳若想走，本宮便送妳走，替妳安置好家人；妳若想留，本宮便盡力護著妳。」

靜菡臉上的笑容頓時僵住了，後背竄起一股涼意，她壓下內心的惶恐，軟聲問：「娘娘，是奴婢哪裡做得不好，惹您生氣了嗎？」

「這麼些年，本宮是真心把妳當作妹妹的，妳想讓家人來京，本宮便安排他們來；妳想讓姪子唸書，本宮便厚顏為他請最好的老師。」

煜太妃又嘆道：「為什麼最艱難的時候，妳對本宮忠心耿耿，連命都能不要，如今日子好了，卻對本宮起了殺心？」

靜菡心知一切再也瞞不住，不住地磕頭道：「娘娘，奴婢錯了，奴婢也是受了蒙蔽！當初她們把東西給奴婢的時候，說這是凝神香，奴婢心想娘娘夜裡經常睡不安穩，就拿來一試，哪裡知道竟然是害人的東西！奴婢後來無意中知道了，就再也沒敢用了……娘娘，奴婢對您忠心耿耿，請您相信奴婢！」

事到如今還在狡辯？煜太垂下眼眸，沒人看到那裡面一閃而過的哀痛。

「妳是覺得本宮不會動妳，還是動不了妳？抑或是，動不了妳那已經進了國子監的姪子？」

靜菡如雷轟頂，猛地打了個寒顫。她怎麼忘了，面前這位看著柔弱的人若當真算計起來，到底有多厲害！

「奴婢錯了！奴婢是一時糊塗！娘娘……求求您原諒奴婢吧！」

第八章　半路攔駕

煜太妃看也不看跪在地上的人，起初得知她身上的毒不足以致命時，她還想著，若靜菡能收手，自己便當作不知罷了，畢竟人總會一時糊塗，卻沒想到……

「起來吧，去找妳的新主子，讓她給妳做主。」

靜菡停下動作，抬頭看向榻上的人。短短幾下工夫，她額頭已經磕出了血，鮮血順著額頭流下，滑過眼睛，看過去，好似將煜太妃也染上了血色。

煜太妃又道：「我放妳離開，總得有個說法。太后身分尊貴，自是不會要我性命的，是不是？」

靜菡到底跟在煜太妃身邊多年，眨眼便明白她的意思，也曉得自己徹底被她放棄了。

「奴婢明白了。」

「去吧。」

靜菡慢慢起身，轉身走了幾步，又突然回身跪下道：「事已至此，奴婢無話可說，往後奴婢不在娘娘身邊，希望娘娘要照顧好自己。不要太相信任何人，您是，皇上亦是，這是奴婢最後能留給您的話了。」

言罷，靜菡一臉決然地離開了。

煜太妃從開著的窗戶看著靜菡一步步走遠，她眨了眨眼，淚珠緩緩滑過臉龐。

十九年的主僕情誼，今日終是一刀兩斷！

送走靜菡之後，煜太妃歇在榻上養神，隔了一段時間卻有人來報。「娘娘，靜菡姑姑她……自盡了。」

煜太妃一愣，問道：「自盡？」

「是，她服毒自盡，太后原本想留她一命的。」

煜太妃閉了閉眼，良久後才道：「照顧好她的家人。」

「是！」

是夜，鳳儀宮裡，呂靜嫻摔了手裡的茶盞怒道：「簡直一派胡言！煜太妃是本宮的母妃，本宮害她做什麼？依本宮看，是太后想害人，卻反被抓了把柄，如今倒栽贓本宮！」

「太后連夜宣您過去，娘娘要去嗎？」貼身侍女問道。

呂靜嫻冷笑道：「這分明是鴻門宴，本宮若去了，怕是未必能回！」

就在這一晚，太后言明皇后心思歹毒、謀害太妃，且不知悔改、草菅人命，派人圍住鳳儀宮，不許出入，等皇上回來再做定奪。

呂靜嫻這才知道煜太妃身邊那個告發她的宮女竟然死了。「太后竟敢這麼做！泥人尚有三分火氣，她真當我呂家都是死人不成?!」

侍女驚慌道：「宮門都被封了，不讓出也不讓進，咱們怎麼辦？」

「拖，等皇上回來！」她就不信謝長風會任由太后藉著這莫須有的罪名，打壓他們呂家。

朝中幾大勢力長久以來處於平衡，一旦貿然被打破，誰都別想好過！

目送孔戟連夜離開，陸雲箏得知他們也要準備啟程回京了，心裡頓時生出濃濃的不捨。「此次與爹爹相見，竟沒能好好敘舊。」

陸銘笑道：「妳我都好好的，便是最好的敘舊。」

兩年多不見，陸銘其實圓潤富態了些，他本就生得白淨，看起來不像是名揚天下的大名儒，反倒更像個鄉紳老爺。不過他眼角密集的細紋與依稀見白的頭髮，終究還是洩漏了幾分憂國憂民的心態。

陸雲箏直到今日才看得分明，既愧疚又心疼地說：「是女兒不好，讓爹爹憂心了。」自家爹爹明明才過四旬啊！

「瞎想！與妳有何干係？」陸銘道：「這世道早就顯出亂象，只是這兩年越發明顯。我既為帝師，得幸被世人尊稱一聲『先生』，總不能獨善其身。」

見陸雲箏仍舊憂心忡忡，陸銘安慰道：「明年就是秋闈了，最遲秋闈過後我就回京，莫要傷心了。」

陸雲箏知道陸銘離京定居此地的緣由，因為這裡地處內陸，亦不似京城那般魚龍混雜，各地學子過來求學相對容易。在這裡，陸銘能一視同仁，幫助更多寒門學子，也能藉此廣納良才。

「爹爹，您信女兒嗎？」

「為何突然這麼問？爹爹不信妳還能信誰？」

只見陸雲箏道：「那就請爹爹寬心，一切都會好起來的，皇上定能開創太平盛世！」

陸銘微微一怔，似是想起什麼，片刻後展顏笑道：「好！那爹爹便等著這太平盛世。」

縱然再不捨，依舊要分離。龍輦行進之後，陸雲箏便再也忍不住，淚珠滾滾而下。

謝長風哄了她一會兒才道：「肥皂的事，朕決定了，暫且在咱們以前的府邸裡做，妳看如何？」

當年先帝賜婚，他們的婚事辦得極盡風光，府邸亦是規制內最大的，裡面的裝設也極為精巧，如今竟要拿來做肥皂？

「這也太……」陸雲箏有些遲疑。

謝長風道：「朕派人去查過了，肥皂的成本雖低廉，但豬油卻無法長期大量供應，與其斷斷續續地供貨，不如慢慢、少量地做。既是如此，便不必特地尋旁的地方，在府裡做，至少不必擔憂配方外洩。」

說到豬油，陸雲箏這才想起這裡的豬很難吃，既柴又腥，油脂也少。肥皂的成本是很低沒錯，但油脂的消耗量大，想要大規模生產，還得先從養豬開始！

陸雲箏突然覺得，想掙大錢似乎也沒那麼容易。

【宿主的儲藏空間裡有十頭優良大白豬，請盡快挑選適宜場地養殖。】

【另，除了豬油，其他油脂也可用於製皂，比如菜籽油。】

【已為宿主接受榨取菜籽油任務。】

有個貼心的系統是什麼感覺？

陸雲箏覺得，有此系統神助，只要她積極一點，怕是很快就能累積積分、兌換物資，走上人生巔峰了！

況且，系統給的東西會以合理的方式來到這裡，不用擔心會惹人懷疑。

見陸雲箏不吭聲，謝長風不由得問道：「怎麼？不願意？那換個地方便是。」

陸雲箏回過神，搖了搖頭說：「不必換了，就在府裡吧。我只是在想，若要大量製造肥皂，是不是得先多養些豬？」

「已經安排下去了，但再快也要一年，否則豬太小，油脂不夠。」

謝長風自然不懂這些，他甚至連豬油是什麼模樣都不知道，只是聽屬下稟報，便記下了。

陸雲箏點了點頭。本地豬要一年才能宰來吃，而優良大白豬只要三個月就能出欄，雖然比不上用飼料餵養的那麼肥，但畢竟是系統出品，品質有保證。

只是十頭豬太少，繁殖起來也需要時間，先讓皇上養一批本地豬倒也不錯。

既然肥皂的產量跟不上，就暫時不考慮賣給百姓了，得先緊著那些肥羊薅點羊毛才行，這樣一來，之前的銷售計劃就要調整了。

有了事情做，便顧不上離別愁苦，可惜得力幹將都在後面的馬車上謄抄指南，陸雲箏只能自己寫寫畫畫。

謝長風看得稀奇，問道：「這是何物？」

「這是炭筆，就是將柳樹的細枝去皮放在鐵罐裡燒黑，寫起來比毛筆輕便不少。」

謝長風捻了一根細細打量，又試著學陸雲箏的姿勢寫了幾個字，下了定論。「不如毛筆好用，但勝在輕便，倒是適合貧寒人家的孩子用。」

陸雲箏笑道：「貧寒學子確有不少用這個的。」

謝長風頷首不語。

陸雲箏瞬間心念一動。雖說有人在用，但也不是人人都會做啊，如果製成鉛筆，應該有人買吧？此外，除了鉛筆，鋼筆也是好東西，能琢磨出碳水筆就更好了！

【宿主切勿好高騖遠。】

好吧，是她想多了。連知道材料比例的肥皂，她都能失敗那麼多次，還敢妄想鉛筆？

正當陸雲箏感嘆自己手殘時，突然間，龍輦的速度慢了下來。

外面的護衛回報。「皇上，前面似有人想攔路。」

謝長風問：「何人？」

「是流民。」

謝長風猛地起身就要下去看看，卻被人勸住了。陸雲箏不由得皺起眉，覺得此事太過蹊蹺。

皇帝出行，聲勢浩大，即便謝長風再怎麼不進城、不擾民，沿途各地官員都會提前清空官道，並親自帶人護駕，斷不會出現眼下這種被人攔路的局面。

謝長風問道：「之前怎麼探路的？」

「皇上，這些都是附近的流民，據說是半個時辰前聽了流言，說有貴人路過，只要攔住，就能討得吃食。」

此地屬陵州，陵州知府曹延馬出自太后母族曹氏。這下子，謝長風還有什麼不明白的？

在長臨觀發現馬鈴薯這等好物，他們越過朝廷逕自分配，甚至明知有人來討還啟程回京，此番舉動怕是惹得朝中不樂意了。

「皇上，該如何處置？」

謝長風道：「既是流民，準備些吃食安撫，聽聽他們的意願，再讓曹延馬滾來見朕！」

陸雲箏見謝長風神色並無不悅，便未出聲勸慰。

所幸流民得了吃食之後並未繼續鬧事，被詢問有何意願的時候，大多數都只想要更多的糧食，只有少數貪婪之人所求甚多。

謝長風得了回稟，吩咐道：「要糧、要銀子的，應了便是，不過要交代是何人散布謠言教唆，餘下的暫且不管。」

「是。」

半個時辰後，曹延馬帶著人急匆匆地趕過來，一群人跪成一片，他則是一副衣衫不整、風塵僕僕的模樣。「臣來遲，還望皇上恕罪！」

謝長風質問道：「為何會有流民？」

「是臣治下無方！連年災禍不斷、百姓民不聊生，臣看得心痛，卻力有不逮，如今竟讓流民驚擾了聖駕，臣實在該死，還請皇上治罪！」

一番話說得是聲淚俱下、情真意摯。

謝長風冷冷道：「曹大人乃國之棟梁，你既自請受罪，朕自然要成全。來人，將曹知府打入大牢，待新任知府上任後，再酌情定罪。」

曹延馬尚未回過神來，就被人押著取下頭頂上的烏紗帽，一時之間如遭雷擊，他哪想得到謝長風竟然真敢對他下手！

愣了又愣，曹延馬張口欲言，卻被人一把堵住嘴直接拖了下去，他瞪圓了眼努力掙扎，卻已經遲了。

謝長風轉而看向餘下眾人道：「你們可有罪？」

其他官員冷汗直流、匍匐在地，哪裡還敢出聲？皇帝再怎麼無用，那也是一國之君，他不敢當場斬殺曹延馬，可未必不敢殺他們，若是折在這裡，可就當真是死得不明不白了。

「連是否有罪都不自知，如此糊塗官員，留著何用？殺……」頓了一下，謝長風繼續道：「殺了太便宜你們了，先一併收押吧。」

話音剛落，便有護衛上前俐落地將他們捂住嘴拖走，不給半點機會。

不遠處的流民看得膽顫心驚，有不少萌生了退意，可有幾個人卻兩眼發光。

堂堂一州不能一日無知府，謝長風貌似不經意地問道：「離此地最近的縣，縣令是何人？」

「回皇上，離此地最近的是九南縣，縣令是韋元朗。」

謝長風道：「擬道聖旨送過去，朕任命他為陵州知府，即刻上任。」

「是！」

「差幾人照看流民，願意留下的交給韋元朗，應允的糧草和銀兩都給足，不願留下的就讓他們跟著。」

安排好之後，龍輦未作停留，繼續往京城的方向走。

陸雲箏問：「皇上帶著這些流民做什麼？」

謝長風反問道：「箏兒覺得應該趕走？」

「為何要趕走？若是我，就要將他們全部帶回京城！區區幾個流民，京城官宦人家那麼多，每家分攤一些，不就能養活了？」

謝長風失笑道：「倒是個好法子。」

「或者皇上可以賞他們一人一個碗，看上誰家就坐在門外，奉旨討飯，看誰敢不給。」

「好！依妳！」

此刻，不遠處的九南縣，縣令韋元朗正在縣衙內悠哉地喝著茶。

「韋大人……韋大人！」師爺在外面大喊。

一道懶洋洋的聲音自屋內傳來。「何事如此驚慌？」

「聖、聖旨來了！」

眨眼間，一道青色的身影從裡面急忙衝出來，韋元朗邊跑邊整理衣衫，來到前廳規規矩矩地跪下，聽完旨意後道：「臣領旨。」

他身後跪著的一眾人等，發誓從未見過也從未聽過自家縣太爺這般認真的模樣。

等等……這聖旨寫的啥？縣太爺突然升成知府？還要奉旨查抄原知府及相關官員的住所，抄出來的銀子全部用來賑災？

人市裡，王大牛護著妻子與孩子縮在角落，問道：「孩子的娘，妳好點了嗎？」

「我沒事。」答話的婦人個子瘦小，正弓著腰，把三個半大的孩子攬在懷裡道：「都怪我這身子不爭氣，你也是，幹麼非要救我，讓我死了算了！」

王大牛道：「瞎說什麼！就算妳死了，我還不是得去賣身掙錢？一樣逃不掉！」老家的村子去年被山洪埋了，他們僥倖逃過一劫，原本是來這邊投奔親戚的，卻沒想到人早就不在了。連番打擊之下，王大牛的妻子雷氏病倒了，他想方設法掙錢，甚至不惜賣身當長工，卻沒想到遇到黑心腸的雇主，得知他們的來歷，竟把他們當奴隸給賣了！

雷氏哭道：「那也未必會遇到那個殺千刀的！等會兒指不定會被賣給誰，我可憐的孩子喲！」

她一喊，幾個孩子也跟著抽抽噎噎地哭。

「哭什麼哭！晦氣！」人牙子怒道。

聽到喝斥，雷氏頓時收了淚，王大牛衝著人牙子低聲下氣地討好。「您別氣！小孩子不懂事，我這就教！」

許是看在王大牛身高體壯、能賣個好價錢的分上，人牙子沒再計較，只敲了敲欄杆道：「等下有人要過來，你們都給我精神點兒！要是壞了買賣，你們知道規矩的！」

原本表情麻木的人們身體抖了一抖，不少人都擠出難看的笑容。

片刻後，有兩個人在人牙子的陪同下走了過來，王大牛隨大夥兒一起看過去，不由得抽了口氣——這兩人的模樣可真不一般，比他見過的大戶人家少爺氣派多了！

來人正是孔戟和屬下薛明成，孔戟的目光掃過人群，聲音微冷。「這都是自願賣身的？」

人牙子滿臉堆笑道：「當然、當然！咱們這人市隸屬朝廷，您放心，這些人來路都清白！」

王大牛不禁捏緊了拳頭，脫口喊道：「公子！」

「閉嘴！」守在旁邊的人牙子猛斥一聲，陰沈著臉惡狠狠地瞪他。

王大牛心頭一驚，再也不敢出聲，一旦這兩位公子沒買走他們，這些人牙子鐵定不會放過他們的！

孔戟淡淡道：「讓他說。」

人牙子頓時換了態度。「好，好……還不快說?!」

王大牛將人牙子眼中的威脅看得明明白白，使了點小心思道：「我、我力氣大，能幹活兒，公子能不能買下我們？」

薛明成看了孔戟一眼，見他頷首，便道：「除了你，還有誰？」

王大牛忙道：「我媳婦跟我三個兒子！我媳婦會燒飯，我們村裡但凡紅白喜事都是她掌勺，我兒子力氣也大，求公子買下我們一家吧！」

「行了、行了！」人牙子打斷他。

王大牛訕訕一笑，終是閉上了嘴。

薛明成衝著人牙子道：「他們一家記上。還有誰會種田？我家公子要開荒地，需要大量好手。」

人牙子一看是大買賣，笑得見牙不見眼，立刻熱絡地介紹起來。

原本因為王大牛的舉動而浮躁的人群又安靜了下來。竟然是買人開荒地？那可是個吃力不討好的活兒，而且荒地的收成很差，那公子明顯是大戶人家的少爺，莫不是被人誆騙了？萬一到時候荒地沒有收成，他還會給他們飯吃嗎？

第九章　反將一軍

王大牛沒想那麼多，他只想帶著一家人離開這個鬼地方，只要能待在一起，哪怕吃苦也願意。

沒多久，王大牛就跟著其他人一同被帶走了。兩位少爺買了不少人，連年長的和年幼的也都買了些，說是要讓他們燒飯、養牲畜。等出了城，才發現兩位少爺還帶了三輛馬車，大家可以輪流上去歇著，以便趕路。

期間，薛明成一一詢問眾人為何賣身，王大牛這才曉得竟有不少人跟他們一樣被強行賣掉，大都是從外鄉前來依親的，有些甚至是被親戚給偷偷賣了，一時之間皆唏嘘不已。

當晚，車隊在野地休息，王大牛半夜起來方便，迷迷糊糊間看到一匹馬飛奔而來，頓時嚇得一個激靈。

他正要大聲喊叫，馬上面的人就說道：「是我。」

王大牛這才察覺是薛明成，此刻的他一身黑色勁裝，腰間掛著一把長劍，殺氣騰騰，哪裡看得出半分白日裡的隨和？

薛明成翻身下馬，抹了把臉，笑著拍了拍王大牛的肩道：「別怕，我只是回去送點東西。」

王大牛愣愣地點頭應了一句。

「快些回去睡吧，我也要睡了。」說著，薛明成打了個呵欠、伸了個懶腰，往孔戟那邊走去。

王大牛乖乖摸回妻兒的身邊，心裡卻想：送東西？送什麼東西會帶著血回來呢？不過，王大牛發覺自己並不害怕，反而有種奇異的安心感。

另一頭，孔戟在薛明成靠近的時候就睜開了眼。

薛明成說道：「東西送到了，順手宰了幾個。」

孔戟皺了皺眉說：「把衣服換了。」

知道是一回事，碰到又是另一回事，既然親眼所見、親耳所聽，到底要替這些無辜百姓出口惡氣。

原本以為謝長風殺雞儆猴之後，再想動心思的人總要收斂著些，卻沒想到幾日後，到達渭州時仍有流民，知府陳崇亮甚至有模有樣地在城外搭棚親自施粥，排隊領粥的流民人數還不少。

御林軍的回報夾雜在前行樂隊的奏樂中，謝長風聽著覺得分外諷刺。「讓樂隊停下，加速前行，朕要去看看。」

陸雲箏此刻正在腦子裡詢問系統。「真的有這麼多流民嗎？」

實在不怪陸雲箏有此一問，她身處宮中，所見所聞都是別人想讓她知道的，莫說是她，恐怕連謝長風都是如此。

之前在陵州攔路的那些流民，她遠遠看過了，雖然整體來說顯得瘦弱，卻不到面黃肌瘦的程度。

這裡畢竟是古代，貧苦百姓的生存需求其實很低，但凡能活下去，都不會生出旁的心思。會去當流民的，幾乎都是無家可歸、無處可去、無物可食，只能隨著人流四處乞討、掙扎求生。

【根據目前統計的數據，此刻此地流民出現的概率為百分之零點零九。】

百分之零點零九……也就是說才萬分之九？陸雲箏懂了。「那什麼時候、什麼地方有很大的機率會出現流民？」

【依照模擬數據推算，今年秋冬會陸續出現流民，明年會有大規模流民，流民發生暴動則在後年。希望宿主大力推廣主要糧食種植、提升糧食產量，減少流民出現機率。】

「馬鈴薯已經在推廣了，今年還會出現流民嗎？」

【這幾天，流民出現的機率正在降低，宿主推廣馬鈴薯初見成效，還望宿主再接再厲。】

「玉米必須等明年開春才能種嗎？」

【是的，今年種植期剛過，宿主記憶恢復得太晚了。】

陸雲箏有些無語，心想：對不起，都是我的錯，沒有早點掉進水裡清醒過來！

「那小麥和稻子也不能種嗎？」

【主要糧食必須在上一個產品的種植面積達到一定規模後，才會生成新的任務。】

簡而言之，系統是為了整個小世界服務的，想要更多好東西，就得先把手中已取得的傳遞給更多人才行。只有宿主心懷天下、無私奉獻，才能得到系統全力相助。

陸雲箏心裡有數了，準備回頭再跟謝長風商量一下，種馬鈴薯這件事得優先處理，解決因缺糧而導致的流民危機才行。

得知流民找上門的真正緣由，陸雲箏不再那麼擔憂，看著謝長風有些抑鬱的模樣，她安慰道：「皇上，這應當是『他們』的主意，就是為了給您添堵。」

「朕明白，今年的年歲固然不好，但秋收將至，還不至於出現如此多流民，陵州那些流民都只是當地村民罷了。」

「那皇上為何不悅？」

謝長風道：「為了一己私慾，將朕與百姓玩弄於股掌之中，當真可恨。」

陸雲箏伸手握住謝長風的手，無聲勸慰。

謝長風恨恨道：「朕終有一日……」

早在兩日前，陳崇亮就得知陵州發生的事。在他看來，攔路的流民不趕，明顯敷衍的曹延馬不殺，就連那些官員也一個都沒斬，謝長風這皇帝當得也太過心慈手軟了！鬧到最後，他不乘機安插自己的人，竟只隨意提拔了一個小小縣令當知府，如此怯弱無能，果真是個扶不起的阿斗！

是以陳崇亮非但沒改變計劃，甚至變本加厲，找來更多流民，想要讓這位皇帝好好體會一下「民間疾苦」，知道是誰在幫他遮風擋雨、治理天下，這樣將來他一旦得了好東西，才不會那麼隨意分給旁人。

然而，當陳崇亮真的見到謝長風時，卻被問得啞口無言。

「朕記得年前就撥下賑災款用以安置災民，為何讓他們成了無家可歸的流民？」

去年發生水患，淹了不少村莊，陳崇亮上奏要求讓沿岸居民遷移，得到了允許。朝廷分撥不少款項實施此事，萬萬沒想到陳崇亮居然還拿這個當藉口。

謝長風冷冷地說：「拖下去斬了！」

陳崇亮到死都沒想到自己居然才是那隻被拿來儆猴的雞！謝長風他怎麼敢這麼做？他可是當今皇后的親舅啊！

天威震怒，御林軍的手腳更是俐落，陳崇亮就在眾人眼皮子底下被斬殺，一刀下去，鮮血四濺、頭顱落地，那雙瞪圓的眼裡滿是不可置信。

其他官員被嚇得魂飛魄散，不遠處的流民更是驚恐地跪了一地。

「進城、抄家！朕倒要看看，賑災移民的銀子到底都用到哪裡去了！」

皇帝親至，御林軍將一個個官員的府邸翻了個底朝天，抄出來的財產數額之大令人咋舌，謝長風怒極而笑道：「這附近的縣令當中，哪個最窮？」

「回皇上，通八縣縣令劉重遠為官清廉。」

謝長風頷首道：「擬旨，任命劉重遠為知府，速來上任。」

等劉重遠匆忙趕來，就被當頭扔下一樁大案，始作俑者卻兩手一甩，再度啟程回京了。

劉重遠頓覺喉頭梗了一口老血，若非看在自家老師就是陸銘的分上，他絕對撂挑子不幹。

可等看到抄家的清單時，劉重遠臉上又浮現出笑容，這下子他再也不用擔心這個冬天會有人熬不過去了。

只不過，為何清單上的銀兩這麼少？難道都用來囤糧了？竟然在荒年囤積居奇，真是其心可誅！該殺！

此刻的龍輦上，陸雲箏正一張張數著銀票，心裡默默感慨：果然還是黑吃黑錢來得最快！

「皇上，不如咱們就一路抄過去吧？」劉重遠怕是想不到少掉的銀兩就在她這裡。

這副小財迷的模樣把謝長風逗笑了，說道：「朕正有此意。」

陸雲箏也笑著說：「皇上一直都在宮裡嘛，既不懂民情，也沒見過如此多的流民，一時怒極斬殺幾個貪官罷了，何錯之有呢？」

謝長風頷首不語。

終於過足了數錢的癮，陸雲箏將銀票裝入一個個小匣子裡，裡面各自堆了不少金銀財寶，都是抄出來的。

稍後，謝長風便會派人把這些送去該去的地方。既然從朝廷撥下去的賑災款無法盡數用於百姓身上，那就只能越過朝廷，私下補貼了。

有貪官，自然也有心繫百姓的父母官，那些貧瘠窮困的地方，官員往往清廉，越是豐裕富饒之地，反倒越出貪官，人心便是如此複雜……

京城得到消息的時候，滿座皆驚，眾臣議論紛紛。

「胡鬧！簡直是胡鬧！堂堂四品外派大臣，豈能說殺就殺?!」

「秋收將至，連續處置兩州知府與一干官員，皇上這是要做什麼？不怕激起民怨嗎？」

「還不速速去請皇上回京！」

護國侯呂盛安面色鐵青，曹延馬不過是被抄家入獄，將來有得是機會把人撈出來，可他的妻舅卻是當場被斬殺！

壓抑著怒氣回到府邸，呂盛安尚未進屋就聽到一陣哭鬧聲。

「我可憐的弟弟啊……」呂盛安的妻子撲到他身上。

呂盛安心中不免有幾分酸澀。他這位妻舅自小與他親近，只是為人高傲、意氣用事，是以才為他謀了個外派的差事，就怕他在京中惹禍，萬萬沒想到竟碰上皇帝隊伍，終究還是出了事。

「老爺，你可要為崇亮做主啊！他那個人你還不知道嗎？哪裡會主動惹事，不都是聽信了旁人的挑唆！」

呂盛安心頭頓時一跳。剛剛在議事時，曹國公雖然口稱荒唐，眼底卻不見多少怒意。

之前曹國公提議找些流民去攔路，讓皇上「清醒清醒」，他並不在意，也全然沒放在心上，心想就讓曹家出這個頭，他回頭分杯羹就是了，不料最後被斬的反而是陳崇亮！

再想到如今還被太后軟禁在鳳儀宮的呂靜嫻，呂盛安心中對曹家不由得生出了幾分警惕。

朝廷最終選定大理寺卿龔至卿迎接皇上回京，這麼個燙手的差事他原本不願意接，奈何推不掉，只能硬著頭皮啟程了。

此時謝長風離京城已經不遠，只要再過一個綏州就能抵達，龔至卿思量許久後，打算照正常速度前進，其他的就交由老天決定。

龔至卿的盤算打得如意，然而世事卻不如他所願。他見到皇上的出行儀仗時，遠遠就瞧見那一長排人馬停在原地，連樂聲都沒有，他心中打了個突，暗道：不會這般巧吧……

綏州知府焦旭琨跪在地上，汗如雨下。早在得知陳崇亮被斬殺之後，他就斂了心思，連夜派人清理官道，也針對附近的城鎮村落有所安排，不讓任何一個人影出現在官道及周圍。

這個地方臨近京城，百姓的日子並不難過，流民更不存在。其實莫說是綏州，便是先前的那兩個州，也不應當有流民，這其中的緣由，大家心知肚明。

眼看皇上真的被激怒了，焦旭琨自然不會頂著逆風找碴，畢竟陳崇亮就是前車之鑑，平白無故掉了腦袋，這冤屈找誰說去？

可流民還是出現了！就如同陵州那般，明明探子回報一切並無異常，轉眼間卻冒出成群流民，還好死不死地碰到皇上！

焦旭琨知道自己是被人陷害了，面對平時軟弱、此刻震怒的天子，他的腦子瞬間變得空白。

「綏州就在天子身側，歷來是富庶之地，竟還能出現如此多的流民，他們衣衫襤褸、面容憔悴，不知往年那些誇讚焦大人治理有方、敬請表功的摺子，都是怎麼來的?!」

「皇上！這並非是綏州的百姓，這是有人陷害臣，請皇上明鑑啊！」

「哦？你倒是說說，誰要害你？」

焦旭琨頓時啞口無言。誰害他？事情才剛發生，還沒個頭緒，他哪裡知道是誰在害他？

「朕來告訴你，這些流民一早來到綏州，本是聽聞綏州富庶，想求個安身之地，焦大人非但不安置，還將人趕到荒郊野外，任其自生自滅。」

焦旭琨聽得額頭冒汗，這是莫須有的罪名，他如何能擔？「皇上明鑑，臣從未聽過有流民啊！這些刁民素來奸猾，皇上切勿輕易聽信謠言。」

言罷，他微微側頭，想讓身後的官員們替自己說說話，然而其他人一看到御林軍手中明晃晃的長刀，就嚇得兩股顫抖，誰還敢多說一個字？

謝長風怒道：「抬起你的狗頭，好好看看你口中的刁民是何模樣，再看看你自己又是何模樣！」

陸雲箏坐在龍輦裡，假惺惺地同情了焦旭琨一秒鐘。這些流民都是之前家鄉遇上洪災又未能得到安置、最終流離失所的百姓，他們確實被驅逐過，但下令的人是誰就不好說了。

但是這一點也不重要。焦旭琨身為綏州知府，貪墨的銀兩比之前兩個只多不少，這隻猴也是逃不掉了。況且，不殺了他，又如何挑起曹、呂兩家的新仇舊恨？

龔至卿不過猶豫了片刻，就見一道銀光閃過，焦旭琨人頭落地。

「龔大人來得正好，不如就由龔大人親自去焦家查查，看他到底是個清官，還是隻蛀蟲！」

龔至卿只能苦笑著應下。這下子，他怕是再也無法像戶部尚書崔大人那般什麼都不沾了。

至於謝長風，殺了該殺的人、安置好需要受庇護的百姓、補足了空缺的銀兩，就扔下這麼個爛攤子，心情愉悅地回京去了。

接下來這一路，倒是沒再鬧出什麼麻煩，眾人順利返京，只是之後謝長風便在早朝上被御史大夫伊正賢指著鼻子罵了足足大半個時辰。

伊正賢不愧是陸銘最得意的大弟子，旁的不說，就這一身才氣，便教人自嘆弗如。他引經據典罵個不停，硬是沒重複的詞，倒是讓原本也憋了一口氣想要發難的幾個人生生住了嘴，等他們心中那口氣都快要被罵散了，伊正賢還沒有打住的意思。

謝長風的叔叔德親王看不過去，張了張嘴，想要勸兩句，卻硬是沒找到合適的機會。

抓住伊正賢說話的空檔，謝長風終於開口道：「朕下罪己詔。」

伊正賢一頓，回道：「皇上倒是有自知之明，人非聖賢，孰能無過，過而能改，善莫大焉。」

謝長風態度誠懇地說：「此事是朕行之無據，自當悔過。」

伊正賢的臉色這才好了一些，德親王乘機勸告幾句，眼看這件事似乎就要這麼揭過了。

曹國公眉頭一皺，抬腳就要出列，卻被謝長風的話釘在原地。

「朕不該輕易斬殺他們，明明已經有了曹延馬的認罪書、陳崇亮貪墨賑災款的證據，應當押送回京，按律法誅殺才對！」

朝堂上頓時鴉雀無聲、落針可聞。莫說是眾大臣，便是身為輔佐大臣的曹國公和呂盛安，也都只想著如何彈劾皇上任意斬殺重臣的暴虐行徑，卻沒想到會被反將一軍。

回過神的曹國公頭一個不信。證據？什麼證據？曹延馬竟然會簽認罪書？他傻了不成！

呂盛安不顯露表情，內心卻有些打鼓。陳崇亮貪墨賑災款是眾所周知的事，也經不起調查，但在場多人都分了好處，否則當初又豈會同意大規模遷移沿江百姓？

謝長風將手放在一旁的小木匣上，目光掃過在場眾人道：「這是朕進京之前，韋元朗與劉重遠派人快馬加鞭送來的。

「朕當初關押曹延馬，不過是初見流民，又氣又急，想讓其他官員以儆效尤，好生安置百姓，卻沒想到陳崇亮變本加厲，讓流民囤聚在城外，朕一怒之下便斬殺了他。

「朕從未想過，百姓過得竟是如此艱難！陵州、渭州與綏州，都屬富庶之地，尚有如此多的流民，那麼貧瘠之州的百姓，過的又是怎樣的日子？

「罪己詔，朕會下；貪墨案，朕亦會追查到底，給天下百姓一個交代！」

第十章　循序漸進

言罷，謝長風猛然起身，他從腰間抽出一柄長劍，劍光冰寒，錚錚之聲在大殿迴盪，不少大臣頓時嚇了一跳，有些膽小的甚至忍不住後退。

「朕雖無用，卻也不會任由祖先基業毀於朕之手，今日誰敢阻攔朕，朕便斬殺誰！」

謝長風的劍其實離得很遠，可大殿上每個人都覺得那柄劍似乎就正對著自己，只要說出一個「不」字，就會遭利劍穿胸。

沒人想到這個一向溫順怯弱的皇帝竟有如此赫赫天威，就連曹國公都下意識避開那雙殺意冷然的眼，不敢直攖其鋒。

此時伊正賢突然行了個大禮，高呼。「皇上聖明！」

德親王老淚縱橫，伏地不起道：「皇上聖明！」

兩人的舉動似乎打破了殿內凝結成冰的氣氛，不敢動彈的大臣們紛紛跪下，顫著聲音高呼。「皇上聖明！」

曹國公和呂盛安面色鐵青、心有不甘，然而形勢比人強，不得不跟著跪下。

早朝解散後不久，謝長風就寫好了罪己詔，同時公布要徹查賑災款貪墨案，至此，此事再無反轉餘地，也無人提及馬鈴薯一事。

「娘娘，您不知道皇上今日在殿上是何等威風，將滿朝文武都震懾住了，若非伊大人開口，他們甚至連話都不敢說，更別提一聲『不』了！」白芷興奮地說道。

陸雲箏雖然沒見到那個場景，卻能想像得出來。「這案子最後交給誰查？」

「刑部尚書方大人、御史大夫伊大人、大理寺卿龔大人三方聯合審查，宰相譚大人、德親王、戶部尚書崔大人督察，皇上還要親審。」

很好，這是把黑貓與白貓都押在一起去抓老鼠，除了曹家和呂家兩個派系，其他幾家也都安排上了。

只是這些個大臣們的關係可謂盤根錯節，彼此捏住太多不為人知的把柄，即便他們兩家明面上沒能插手，暗地裡能做的事也很多，光靠這個案子，是不可能扳倒他們的。

原本謝長風就沒存著能藉此扳倒他們的心思，百年大樹，非一朝一夕能撼動，但進行到了這一步，至少能讓他們去一層皮、少幾塊肉，已經足夠了。

謝長風在前朝翻動風雨，陸雲箏在後宮亦是摩拳擦掌，她一回宮便乖乖去向太后請安，同時還不忘奉上幾顆馬鈴薯。

「這是長臨觀一個宮女無意中發現的，皇上去了，她便將此物獻呈了上來。」陸雲箏說得眉飛色舞。「正巧崔大人也在，仔細詢問過後，他親自去發現此物的地方瞧了瞧，最後確認能當主食，真是天助我們謝氏王朝！」

太后能說什麼？自然是要跟著誇一誇的。

陸雲箏喜孜孜地繼續說道：「說來，我們去的時機可太巧了，若是早一步，此物未能成熟，那宮女怕是還未發現；若是晚一步，此物過了成熟期，那宮女怕就要獻給旁人了，這樣一來，如何在第一時間就將此物送到需要的人手裡？」

太后終是忍不住問道：「妳怎知此物能被送到百姓手裡，而非有人另有所圖？」

陸雲箏回道：「當然！皇上得知此物的功用之後，想起邊關將士們缺糧已久，而朝廷至今未能擠出糧草，當即修了書信一封，讓孔將軍親自來運走。」

發現馬鈴薯一事早就傳進京城，大家也都曉得謝長風悶不吭聲地把馬鈴薯送人，所以才會心生惱怒，但眾人並不知道拿走馬鈴薯的是誰，只當謝長風是想暗中種植，好培養自己的勢力。

這會兒聽陸雲箏坦然道來，太后才明白原來馬鈴薯是被孔戟帶走了，難怪派出去的探子一個都回不來，謝長風倒是真不怕孔戟勢大啊……

太后一口氣梗在喉頭，不由得端起茶盞抿了幾口，藉此順順氣。

陸雲箏眸光一轉，又道：「此番臣妾還發現了一個有趣的小玩意兒！」

太后的語氣不復之前的熱絡。「什麼小玩意兒？」

陸雲箏微微側過身，青黛立刻奉上一個玉盒。陸雲箏親自將玉盒放到太后面前緩緩打開，只見裡面放著一朵花，乍看之下貌似白玉，卻又沒有白玉的潤澤，片刻後，鼻尖就充斥著淡淡的香味。

許是從未見過這種東西，太后來了點興致，問道：「這是何物？」

「這是白玉潔膚膏，是臣妾在長臨觀的一本古籍中找到的方子，試了一試，竟讓臣妾做成了！」

「白玉潔膚膏？」

陸雲箏點了點頭，隨即命人端了盆清水過來，親自伺候太后洗手。

淨手後，太后不禁讚嘆。「這倒是個好東西。」

陸雲箏笑道：「您喜歡就好，回頭等做好了，臣妾再給您送些過來。」

太后自是點頭應了。

許是心情好些了，太后正想著告知陸雲箏關於煜太妃以及皇后之事，卻見桂嬤嬤匆匆過來，在她耳邊低語了幾句，太后的目光頓時一凝，面色也變得沈重。

陸雲箏低下頭，像是不特別留意太后的反應，只一心一意地喝著茶。

半晌後，太后道：「哀家有些乏了，妳先回去吧，改日再來陪哀家說話。」

陸雲箏乖巧地起身告辭。

目送她離去之後，太后怒罵。「皇上這是要翻天不成?!」

一連幾日，謝長風都在前朝同大臣們商議要事，一次都未踏足後宮，連陸雲箏的怡心宮也不例外，彷彿對皇后被太后軟禁一事毫不知情。

那日被打斷話頭之後，太后似乎也忘了再提及此事，陸雲箏便當作不知，她這會兒正琢磨著怎麼推廣肥皂。

早在得知肥皂無法長期大量生產時，陸雲箏就打算把這玩意兒炒出天價，最好跟身分地位掛上鉤，這樣就不怕沒人掏出大把銀子購買。

再過半個月就是長公主的生辰，陸雲箏想藉機送出一批肥皂試用組，再定個隆重的開賣日。

說到長公主謝敏，她本是先帝元皇后的嫡長女，然而元皇后去得早，又只生了長公主一個孩子，先帝縱然寵著她，但隨著皇嗣增加，再加上太后從中作梗，到底漸漸忽視了她。十餘年前，太后想讓先帝將長公主嫁出去和親，而先帝也未馬上拒絕。

當時，方才五歲、尚未失憶的陸雲箏偶然碰到哭得傷心欲絕，甚至想要自盡的長公主，就給她出了個餿點子，沒想到長公主居然真的照做了。在先帝終於下定決心要讓她和親的時候，她直言自己已非完璧之身，且早已與人私定終生，非君不嫁。

先帝怒極，卻無論如何都問不出那個男人是誰，最後他失望至極，賞了個府邸，打發長公主出宮，來個眼不見、心不煩。

長公主手中有元皇后留給她的巨額陪嫁，再加上元皇后母族的支持，這些年過得那叫一個肆意瀟灑，再也不復當年的乖巧柔順。先帝重病之際，似乎終於明白自己對這個女兒的虧欠，連番追加了數次封賞。

「妳可算是恢復記憶了！這些年我都不敢接近妳，生怕把妳給教壞了，皇上和先生可不得撕了我！」

見到長公主時，陸雲箏著實愣了一下。眼前這位鮮衣怒馬的女漢子，當真跟記憶裡那位溫柔似水的病美人相差太遠了。

這十年間，因為長公主刻意避讓，陸雲箏還真沒見過她幾次，就算碰了面，也只是點頭示意，沒想到不知不覺間，長公主竟然成了這番模樣。

謝敏又笑著說：「說起來，那些還不都是妳當年教我的？」

是陸雲箏告訴自己，在她的前世，女子並不遜色於男子；是陸雲箏描述了一個自己不曾想過的世界，那裡男女平等、女性也能獨力撐起一片天。

兩人的友誼跨越了時空和年齡的差距，因為在這個世上，只有長公主知道陸雲箏並不僅僅是個被萬千人捧在手心寵著的小哭包；也只有陸雲箏曉得長公主心中那個男人是誰。

陸雲箏心想，這個鍋她不想揹，可她沒處甩。當年她是太欠缺考慮了些，出的點子確實有點餿。原本按照她前世的年紀，應該能想到更好的方法，可萬萬沒想到，長公主居然有勇氣實施，還成功了！

十年過去，長公主依然未嫁，而當年與她有過一夜情的那個男人也還未娶，只是兩人相隔了千山萬水，如何能在一處？

元皇后出身名門，容貌出眾、端莊賢淑，盡顯一國之母風範，更與先帝感情甚篤。

長公主青出於藍而勝於藍，若非如此，太后當年也不至於費盡心思打壓她，生生將她逼成了病西施。

陸雲箏看著眼前的女子，一身紅裝、豐容盛鬋、明媚張揚、熱情如火，雖已近而立之年，肌膚仍舊緊致細膩，宛如少女。難怪早前先帝再次見到她之後，賞賜跟不要錢一樣往她懷裡送。

謝敏下巴微揚道：「我知道那些名門貴女都瞧不上我，可我偏就喜歡看她們瞧不上我卻又拿我無可奈何的模樣。」

陸雲箏淺笑道：「姊姊高興就好。」

謝敏曲起手指敲了敲桌面說：「說吧，想我幫妳做什麼？」

面對這樣的長公主，陸雲箏突然改變了主意，說道：「我有一個絕妙的點子，不知姊姊有沒有興趣？」

謝敏挑眉說：「妳都認為絕妙了，那必須有興趣！」

接下來的日子，陸雲箏又開始寫寫畫畫。

【恭喜宿主完成肥皂進階任務一（製作肥皂五千克），積分加十！】

【請宿主打開商城。】

陸雲箏心頭一喜。只要積分增加，商城就會立刻更新嗎？

等她仔細看完，果然在最下面一排發現多了兩樣東西——《禮服設計手稿匯編》、《飾品設計手稿匯編》，再看兌換數額，前者居然只要十積分，而後者則要五十積分。

陸雲箏只猶豫了半秒鐘，就果斷換了《禮服設計手稿匯編》。

拿到手稿，陸雲箏便迫不及待地翻閱起來。不愧是系統出品，那一件件禮服看起來可真教人心動！哪怕她經歷過現代社會的洗禮，也完全抵擋不住這份手稿的誘惑，畢竟哪個女人心中不住著一個小公主呢？

【已替宿主接下兩個新任務。】

陸雲箏抽空瞄了一眼。新任務屬於文化建設項目，其中一個是製作一款全新風格的服飾，另一個是製作一款全新風格的飾品，兩樣都要製作出來並向本土居民展示。

這兩個任務跟她計劃要做的事簡直再契合不過，再結合商城物品出現的時機，陸雲箏不禁由衷地說道：「系統，我懷疑你幫我開了後門，你放心，我會努力多做任務的！」

【言而有信是人類最美好的品德之一，望宿主能夠保持。】

對於這個回覆，陸雲箏不免有些無語。行吧，還是那個熟悉的系統。

雖然有了手繪稿，陸雲箏的規劃進程並未加快，實在是好看的禮服太多了，她挑花了眼！還是系統看不過去，用殘酷的現實打破了她想要每款都做一件的美夢——想做禮服？可以，先把布料弄出來吧！

最後，陸雲箏含淚選了第一頁第一張設計手稿，也就是基本款。

製衣這種事，陸雲箏不可能比得上白芷跟玉竹，她也不勉強，直接讓她們自己參考手稿，做出適合長公主的禮服。

至於青黛和菘藍，這兩個丫頭似乎不太擅長這些精細活兒，回宮以後也不用製作肥皂了，都去陪季十五挖地種菜。

說到季十五，陸雲箏覺得自己真是撿到寶了。之前給季十五的那些種子全都發芽了，她大喜過望，好生誇獎了季十五一番，又給了不少獎勵，讓小丫頭高興得不得了。

在確定季十五非常有種植天賦以後，陸雲箏大方地將所有種子都交給她處理，還讓她在花園裡選了塊最適合種植的地，翻掉所有花花草草，種下剩餘的種子。

因為季初一是男人，不便入怡心宮，就一塊兒和三丫被安置在謝長風當初的府邸裡，只有季十五跟著陸雲箏。許是跟哥哥和姊姊分開，季十五進宮以後有些拘謹，青黛和菘藍有空都會陪她，想讓小丫頭能開懷些。

分配完差事，陸雲箏又開始琢磨首飾了。

比起衣服，首飾畫起來容易得多，不用兌換書籍來看也有概念，就是材料不太好確定。如果可以，鑽石的效果肯定最好，國庫裡確實也有鑽石，個頭還不小，然而鑽石要散發光芒，主要是靠切割工藝，目前這個領域的技術還不夠，只能選用珍珠、翡翠與其他寶石，所幸這類東西國庫也很多。

等設計好款式，陸雲箏將圖紙收妥，準備去找謝長風。說起來她也有好幾日沒見著他的人了，還真有些惦記呢。

王大牛一行人走走停停好些天了，每到一個城鎮，兩位少爺就會進城一趟，再帶些奴隸出來，不少人都有些惴惴不安，不知道自己到底要被帶去哪裡、做些什麼。

雷氏也害怕得緊，但是王大牛卻出奇的鎮定。「我看那兩位公子都不是壞人，別擔心，指不定咱們的好日子就要來了。」

前方，薛明成的耳朵動了動，衝孔戟笑道：「我覺得那個姓王的還挺不錯的。」

孔戟沒應聲，只道：「通知下去，全速趕路。」

「前面應當還有幾個鎮，咱不去了嗎？」

「不去了。」

薛明成心下了然，將軍怕是又沒錢了。他嘆了口氣，轉過身時臉上卻掛著笑，通知大家目的地就要到了。

這會兒，那些人終於知道自己這是要去邊關替將士們種地了。

王大牛激動得臉都紅了，說道：「我就說是好事吧！」

他那三個兒子也是滿臉喜色，唯獨雷氏低聲罵道：「什麼好事？那可是邊關，萬一打起仗來怎麼辦！」

王大牛道：「妳糊塗了吧？孔將軍前年不就把人給打服氣了，簽訂了那什麼約，說是十年內不敢再犯。」

「就算打仗了，咱們離得近，可以入伍參軍啊！」王大牛的長子插了個嘴，當即被他娘賞了一掌。

王大牛卻笑著拍了拍兒子尚有些單薄的肩膀道：「說得對，有志氣！」

許是被他們一家子的氣氛傳染，周圍原本還有些擔心的人也漸漸放鬆。他們這是要去幫威名遠播的孔將軍種田，有什麼好怕的呢？只要好好幹活兒，孔將軍不會餓著他們的！

有膽子大一些的，還拉著薛明成問起邊關的事情，畢竟薛明成生了一張娃娃臉，又愛笑，大家都願意親近他。

「田地倒是有一些，不過荒廢了幾年，得靠你們去整整。住的地方也有，以前村子裡有房子，將軍已經命將士們幫你們修整了一番，不過時間緊迫，房子不太夠住，你們先擠擠，回頭再慢慢蓋房子。放心，只要你們好好幹活兒，將軍肯定不會讓你們餓肚子的，但若是耍滑頭，那可就不好說了。」

眾人連表忠心。

「不敢不敢！我們旁的本事沒有，就會種田！」

「就是啊，將軍怎麼說，我們就怎麼做。」

「沒錯沒錯！」

薛明成笑而不語。橫豎他不怕人偷懶，軍中旁的沒有，整治懶漢的法子可多著了。

第十一章　豔驚四座

謝長風這些日子都在議政殿，陸雲箏特地先派小包子去問過，才在晚膳的時辰前來，裡面果然只有謝長風一人。

「皇上。」

聽到聲音，謝長風放下手裡的摺子，一面宣人傳膳，一面起身牽著陸雲箏的手往裡走。「晚點伊大人要來，朕得在這裡等著。」

陸雲箏道：「沒關係，皇上有正事要忙，我也沒閒著呢！」

謝長風聞言，笑道：「忙些什麼？朕聽聞妳跟皇姊走得親近，難道是有什麼盤算？」

「的確有好東西！」陸雲箏說完，從懷裡取出幾頁紙遞過去道：「皇上看看！」

謝長風接過，仔細看了一會兒，問道：「這是衣裙和首飾？」

「對！皇上覺得好看嗎？」

謝長風不置可否道：「倒是別致。」

陸雲箏鼓了鼓臉頰道：「等做出來您就知道了。」

謝長風戳了戳她的臉哄道：「可要朕幫妳尋能工巧匠來做？」

「自是要的，而且不能洩漏出去，我還要靠這個掙銀子呢！」

謝長風笑道：「好。」

兩人一同用過晚膳，陸雲箏便回怡心宮去了。

這次謝長風打了眾人一個措手不及，貪墨案牽連甚廣，各家各戶都忙著掃尾巴去了，倒教他乘機攬了不少權回來，而先前看似被兒戲般提拔起來的幾位知府，也靠這案子坐穩了位置。

眼下是最要緊的時候，陸雲箏旁的忙幫不上，努力掙錢總沒問題，至少可以多買些糧食賑災不是？

這些日子，從系統的反饋得知，流民出現的機率越來越低，會出現的區域也越來越少，說明孔戟已經把馬鈴薯送到了該去的地方。然而百姓的綜合幸福指數卻未提升多少，依然是正負數兩邊徘徊，說明改善民生並不容易，任重而道遠。

就在生辰的前幾日，長公主再次應邀入宮，在看到陸雲箏送給她的生日賀禮那瞬間，她感覺到自己的心跳加速——有多久沒有這種心動的感覺了？

莫說是長公主，哪怕是依照陸雲箏給的基本款進行改良、親手畫出這件禮服圖紙的白芷和玉竹，都不敢相信實物做出來竟會這麼漂亮！

九月初七，秋高氣爽、天氣晴朗，最適合在院子裡品茶賞花。

「長公主殿下的生辰，娘娘為何不去呢？長公主殿下府邸離皇宮也不遠呀。」白芷問道。

陸雲箏懶洋洋打了個呵欠，窩在貴妃榻上不想動。「再近，也得出了宮門。」

謝長風此番動了太多人的基業，誰知道這會兒有多少人正暗地等著套麻袋？她這一出宮，給了壞人可乘之機怎麼辦？陸雲箏向來不介意以最大的惡意去揣摩敵人。

反派通常死於話多，而砲灰幾乎都愛作死。

「娘娘就不想看看其他人見到長公主殿下之後震驚的模樣？」

陸雲箏斜了一眼過去。「是妳想看吧。」

心事被戳破，白芷嘟了嘟嘴，不吭聲了。

「遲早會看到的，不急。」陸雲箏淡淡一笑。

這才剛開始而已，往後讓人震驚的地方還多著呢！

「有工夫琢磨這個，還不快去幫本宮瞧瞧豬圈圍好了沒。」系統倉庫裡可還有十頭優良大白豬沒放出來，這可是關乎民生和錢錢的大事！

白芷應了一聲，立刻小跑著出去了。

天色尚早，長公主府邸外卻已經停了不少馬車，來的都是京城世家貴女，或是新婚燕爾但尚未生子的貴婦，不為別的，只因長公主年近而立，卻尚未婚配。年紀太小的話不投機，年長些已生兒育女的又不合適，著實教人尷尬。

對於這位長公主，全京城上下都頗為一言難盡，敬佩者有之，但更多的是鄙夷。若非生在帝王家，有個賢德的母后，只怕早就被折磨得不成樣子了，常伴青燈也大有可能。

可再鄙夷又能如何？當年犯了那麼大的過錯，先帝不也只是冷落了她幾年嗎？該有的可一樣也沒少了她！後來甚至嫌棄原先賞的府邸太小，委屈了她，又在皇宮附近建了一座大的，裡面雕梁畫棟、裝設精美。

新帝繼位，對這位長姊也十分敬重，所以今天大家就捏著鼻子乖乖來了，心想若是運氣不錯，或許能碰到貴妃娘娘也不一定。

這些時日以來，京城官員們人心惶惶，身為兒女的自然也頗為憂心。如今皇帝獨寵貴妃娘娘，若是能與她交好，指不定就能讓自家長輩逃過一劫。

長公主一如既往地架子大，眼看該來的人都來齊，大夥兒客套話和情報都交流完一輪了，還不見她的身影。

終於，外頭響起通報聲。「長公主殿下到！」

眾人壓下心底的不耐，陸陸續續轉過身，卻在下一刻被釘在原地，甚至忘了行禮。

迎面走來的那個人是誰？那身雪白的紗裙是從未見過的樣式，上半身與肌膚緊貼，盡顯玲瓏的腰身，腰腹部以下卻又突然變得蓬鬆，薄紗層層疊疊，隨著來人的步伐如浪翻滾，裙襬還閃爍著細碎的亮光，光彩熠熠。

那人長髮高高梳起，挽了個簡單的髮髻，露出纖細修長的頸脖，脖子上掛了一串綠寶石項鍊，頭頂戴著一個樣式單純的圓環，上頭鑲嵌著綠寶石和珍珠，與項鍊交相輝映。

「嗯？」見現場鴉雀無聲，謝敏眉頭一挑，紅唇微啟。「怎麼，本宮可是有何不妥？」

眾人這才回過神來，手忙腳亂地行禮，內心一陣驚濤駭浪，不為別的，實在是長公主這一身裝扮太令人匪夷所思，卻又美得驚心動魄。

瞧著這些平日眼高於頂的女人們一臉羨慕、想問卻又不敢開口的模樣，謝敏心中甭提有多歡快了。那丫頭果然點子多，可惜失憶了十年，不然這京城該多有趣啊！

到底還有那麼幾位與長公主關係親近的人，她們小心翼翼地靠過來，將長公主從頭到尾誇了個遍，這才拐著彎打聽這衣服是誰做的。

那些誇讚對謝敏頗為受用，她也不瞞著。「這是貴妃娘娘贈與本宮的。」

此言一出，滿座皆驚。貴妃娘娘?!

貴妃娘娘哪來這等好看的裙子？那自然是皇上為她尋來的！前些日子皇上明明在朝堂上一臉正氣凜然，要替百姓、為這江山社稷向眾大臣拔劍，轉身卻又如此寵幸貴妃娘娘，真是個庸君！

像是看穿了大家眼中的不以為然，謝敏緩緩道：「貴妃娘娘在長臨觀的時候，夜入一夢，去了一處仙境，裡面的仙女膚白貌美、高貴典雅，而且禮服鮮豔華貴、珠寶首飾璀璨奪目，模樣與我等全然不同。

「貴妃娘娘醒來後，心有所感，便將夢中所見所聞盡皆畫了出來。又聽聞本宮帳下良工巧匠居多，便向本宮借人一用，是本宮厚顏，待一切完成後要了這一身來。」

眾人一聽，恍然大悟，難怪美得不似凡人，原來竟是仙人穿的！

再探究長公主說的話，意思是還不只這一身嗎？也是，貴妃娘娘都去了仙人之境，所見的當然不只這麼一套。

這麼一想，大夥兒心頭都火熱得很。身為女子，誰能抵抗漂亮的衣裳與首飾呢？更何況在場的人都出身世家貴族，鮮有求而不得的時候，此番更是心癢難耐。貴妃娘娘素來和善，既能贈與長公主，或許她們也有機會？

看著被人圍在中間、享受眾星拱月待遇的長公主，樂寧公主謝芳一口銀牙都快咬碎了。她是太后的長女，也是宮裡唯二的嫡公主，按理應當備受寵愛，可先帝卻總惦記著長公主，就算他有一段時間疏遠了這個長女，也沒她什麼事。

當年若非她實在年幼，只怕會被先帝送去和親，也是自那以後，太后不敢再對長公主動什麼旁的心思，唯恐一不小心讓自己的女兒遭殃，這讓她如何能敬愛自個兒的嫡長姊？

身邊的侍女勸道：「公主殿下莫氣，貴妃娘娘既然能送她，自然也會送您。」

只見謝芳抿了抿唇，沒吭聲。雖然她表面上跟陸雲箏關係不錯，但她知道陸雲箏並不喜歡她，就如同她不喜歡陸雲箏一般。全京城與她們年歲相當的世家貴女，都是被陸雲箏壓在頭上長大的，有幾個不怨她？

長公主炫耀夠了，也暗示陸雲箏手裡有更多禮服圖紙後，便將眾人請到席上入座。這次的宴席就擺在庭院裡，眾人看著長公主那套快要閃瞎人眼的禮服，默默坐到了自己的位置上。若是她們也有這樣一身衣裳，怕是也恨不得整天待在陽光下。

入座以後，便有侍女魚貫而出，在每個人面前放上一個雕工精美的木盒與一盆清水。

謝敏笑道：「這是貴妃娘娘從古籍裡淘出來的好東西，大家試試。」

聽了這句話，大家便打開木盒，只見裡面放著半個掌心大小的東西，呈乳白色，雕刻成梅蘭竹菊、花鳥魚蟲等各種形狀，透著淡淡的怡人香氣。

乍看不錯，可細看卻又顯得粗糙，遠不如玉雕來得精美，只是那淡淡香氣卻是白玉所不能及的。

再看這擺放的樣子，不似白玉那般拿來當作飾品，也不是拿來吃的，莫非是放在水裡把玩的？這又是什麼稀奇玩意兒？

「長公主殿下與貴妃娘娘的交情真好，什麼好東西都往您這裡送。」

抬頭望過去，開口的是曹國公家的姑娘曹琬兒，也就是曹琬心的同母胞妹。

謝敏漫不經心地笑道：「誰讓貴妃娘娘與本宮投緣呢？」言罷，也不再理會曹琬兒，只朝眾人道：「此乃白玉潔膚膏，是用來潔面、淨手與沐浴用的，大家可以一試。」

怎麼試？大夥兒眼中寫滿了疑惑。

謝敏抬了抬手，就有侍女上前服侍，只見她挽起衣袖，先沾濕手，拿起白玉潔膚膏在手心、手背與手指處來回抹一抹，接著將白玉潔膚膏放回原處，雙手來回揉搓，搓出一堆細小的白色泡泡，片刻後再用清水洗淨。

那白色泡泡看著就讓人覺得有趣，不少性子活潑的立刻挽起袖子嘗試，成熟穩重的依然坐著沒動，但目光卻集中在那些學著洗手的人身上。

「這個好滑呀！」

「泡泡一搓就有了呢！」

「洗得好乾淨，而且手上還香香的！」

驚嘆聲越來越多，有的人甚至忍不住洗了第二次、第三次……若非顧忌場合，怕是忍不住要試一試潔面的功效了。

曹琬兒咬著唇，面色脹得通紅，想要一試，卻又礙於顏面強撐著不伸手，坐在她身旁的樂寧公主則是氣得面色鐵青。
眼看大家越洗越開心，謝敏溫和地出聲提醒道：「這白玉潔膚膏用一次就能洗乾淨，若是多次清洗，手會乾的。」
「呀，那多久能洗一次？」
「潔面的話一日一、兩次便好，淨手就三次吧。」謝敏笑道：「先開席，剩下的妳們帶回去慢慢玩。」
「謝長公主殿下賞賜！」這大概是眾人最真心的謝恩了。
謝敏不禁彎了彎眉眼。按那丫頭的說法，這些可都是未來能持續薅羊毛的肥羊，得好生供養著，這麼一想，莫名覺得她們都順眼起來了呢！
長公主府邸裡發生了什麼事，陸雲箏並不太在意，不論是那套白紗禮服或是皇冠，甚至是肥皂，都不是能輕易抗拒的產品。這會兒她正站在豬圈旁，看著裡面十頭優良大白豬哼哧哼哧地吃東西呢！
系統給的十頭大白豬裡，正值壯年的有五頭，三母兩公，長得豐滿體壯，看著就讓人流口水。剩下五頭是豬崽，不過個頭也不小，一隻隻圓滾滾的，頗為惹人憐愛。

白芷幾人也看得稀奇，她忍不住說道：「這些豬瞧著怪可愛的，跟我們以往見到的都不太一樣，也不知皇上是從哪裡尋來的。」

陸雲箏解釋道：「這是大白豬，塞外的品種，三個月就能長成，專門養來吃肉的。」

【宿主，三個月出欄的前提是投餵優質飼料，依照宿主的餵養方式，需要六到八個月才行。需要幫宿主接下飼料製作任務嗎？】

目前並不是很想投身畜牧業的陸雲箏回道：「謝謝，暫時不用，半年能出欄也不錯了！」

【好的，商城產品已經更新，建議宿主察看。】

陸雲箏看過之後，發現商城裡多了一種大白豬，和一本《優良大白豬養殖技術要點》，前者一積分一頭，後者只需要十積分就可兌換。

看著自己那所剩不多的積分，再看看前頭那本得一百積分才能兌換的《海鹽精製法》，陸雲箏無語凝噎。

系統這是不相信她能養好這十頭豬嗎？任務的積分都還沒掙到，居然就要開始往裡頭倒貼了？

陸雲箏很想硬氣地忽略掉，可最後還是妥協了。她默默地自我安慰，心想早點掌握養殖技術，快速繁殖起那些豬也好。

失去了寶貴的十積分，陸雲箏再看這些大白豬都不開心了，準備回宮去睡一會兒，回回血。

豬圈安置的地方離怡心宮有些距離，負責照顧的太監與宮女都是謝長風安排的，陸雲箏很放心。若非養殖任務需要她偶爾親自餵食，她甚至不介意謝長風直接把豬送出宮去找人養，畢竟術業有專攻嘛。

陸雲箏興致缺缺地回到怡心宮，當她一進入暖閣，看到面前掛著的東西時，不由得愣住了。

身後的房門不知何時被關上，一個溫暖而熟悉的懷抱貼了上來。「怎麼，不喜歡？」

怎麼會不喜歡呢?!

那是一件雪白的紗裙，乍看跟長公主那身相似，卻更漂亮。紗裙裡用金絲線繡了暗紋，最外面那層紗衣似乎織入了大量銀絲線，隱約閃著光，裙襬上縫著無數圓潤的珍珠，夾雜著銀色的小葉片。

之前製作長公主的禮服時，因為沒有鑽石，陸雲箏想到用更柔軟、好加工的銀飾替代，盡可能增加光的折射，讓裙子更閃耀一點。沒想到那些巧匠們一點就通，製出了葉片形狀的銀飾，每個只有小指甲蓋大小，上面起起伏伏，好似葉片的脈絡，不難想見在陽光下會是何等燦爛奪目。

這種工藝也被應用到皇冠上，搭配這件禮服的皇冠是純銀色的，底座上繞了一圈葉片，皇冠上則鑲嵌著一圈純淨剔透的紅寶石，簡直美得不像話。

陸雲箏從震驚中回過神，轉身飛快地在謝長風臉上親了一記。「皇上！您真好！」

謝長風笑道：「不試試？」

「當然要試！」

謝長風伸手按住她因興奮而微張的紅唇道：「朕幫妳。」

陸雲箏的耳尖悄悄地紅了，一雙眼滴溜溜亂轉。「皇上……」

「放心，朕不做別的。」

身上的衣裳得一層層脫下，再將禮服從下而上穿好，謝長風從背後擁著陸雲箏，慢悠悠地一件件脫下她的衣服，那不疾不徐的模樣，與平日在情事上的急切全然不同。

這下子，不只是臉，陸雲箏連身子都紅透了。謝長風的眸光漸漸轉暗，手指在她光滑的後背上流連不捨，直到掌下的身子輕顫，這才緩緩地提起禮服，小心地為她穿上。

陸雲箏咬著唇不敢吭聲，唯恐激得某人獸性大發，要在大白天裡來一發，這可是萬萬不行的！

第十二章　精心布局

「好了。」

聽到這話，陸雲箏大大鬆了口氣，可下一刻卻被含住了耳垂，經過那麼一吸一咬，她身子都軟了，整個人跌進謝長風懷裡，軟軟喚了聲。「皇上。」

謝長風猛地收緊手臂，將她轉過身壓著親了個夠。

不知過了多久，陸雲箏終於回過神來，她氣呼呼地推開謝長風，只覺自己虧大了。男人的嘴，騙人的鬼！說什麼不做別的，卻比做了別的還要磨人！

謝長風順著後退幾步，哄她道：「貴妃娘娘今日絕美，不如讓母妃也瞧瞧？」

陸雲箏抬起頭說：「可以去見母妃了嗎？」

「去吧，往後妳想去便去，不必再顧忌太后。」

陸雲箏不由得笑起來——曹家總算退讓了。

就快要三年了，自從煜太妃為了助謝長風登上皇位，選擇低頭跟曹家妥協，曹家便一直盛氣凌人，太后更在後宮隻手遮天，如今終教他們等到了翻身的契機。

「貪墨案大致有了眉目，雖查不出什麼更深的了，但已是意外之喜。」

陸雲箏用力點頭道：「他們往日那般張揚跋扈，露出來的尾巴多不勝數，咱們慢慢抓就成！」

「朕謹遵貴妃娘娘教誨。」

面前的人兒大概不知道，自己之所以敢也能對曹、呂兩家動手，是因為孔戟不必再受糧草制約，說到底，這都是她一人之功。

看著陸雲箏開門出去，外面傳來幾人驚嘆的讚美聲，不用看也能想像得出她這會兒歡喜的模樣，謝長風的唇角漸漸泛起笑意。

再見到煜太妃，發現她宮裡的人換了不少，雖然煜太妃臉上依舊帶著笑，但陸雲箏卻莫名覺得有些憂傷。

「母妃。」

煜太妃抬頭，眼睛倏地一亮。「箏兒這一身裝扮，倒是精巧絕美。」

陸雲箏卻高興不起來，帶著歉意說道：「母妃，兒臣該早些來陪您說說話的。」

煜太妃微微一怔，隨即輕嘆道：「母妃沒事，只是……」

從一個無依無靠的平民之女，走到今時今日的地位，煜太妃這一路可謂步步驚心，曾無數次被旁人構害誣陷，也曾手染鮮血地去算計他人，甚至幾度陷於絕境，可她都走過來了。

只是沒想到，最後她竟會被最信任的人背叛，雖未致命，卻傷了心神。

「若母妃知道她會尋死，就不會讓她去了。」言罷，煜太妃又嘆道：「許是年紀大了，心腸也軟了，竟覺得她罪不至死。」

陸雲箏靜靜地聽煜太妃說完，才道：「靜菡之所以在下毒時有所保留，是因為太后想暫且留著您的命，讓您在適當的時機離開，並非是不忍對您下手。」

她的聲音很冷。「靜菡選擇自盡，是因為她太了解您了，也不信任太后，若非如此，您如何會保她的家人？

「母妃，您還記得兒臣作過的夢嗎？夢裡，舅舅遭人背叛，但到底留了一條命，而母妃卻不在了。」

煜太妃握住陸雲箏的手猛地收緊，說道：「是母妃不好，讓箏兒擔驚受怕了。」

夢中那種哀傷絕望的痛楚似乎又浮現在胸口，陸雲箏突然紅了眼圈道：「母妃，您一定要好好的，不要為了那等不相干的人難過！您若是有什麼三長兩短，兒臣和皇上還有舅舅都會很傷心的。」

此刻的煜太妃早忘了什麼主僕情分，只恨自己沒能早點防備。

她終究明白為何陸雲箏病了一場後，性情會改變，原來竟是在夢裡經歷了那樣可怕的事。

「箏兒放心，母妃不會再糊塗了，不會有事的，莫哭。」

哄了好一會兒，陸雲箏才止住淚水，她倒也不羞，反正從小到大她的性子就嬌氣，如今更是懶得改了。

煜太妃眉宇間的陰霾一掃而光，整個人的氣勢也變得不一樣，她笑著又誇了誇陸雲箏的裙子和首飾。

「既然母妃這麼喜歡，等兒臣回去再想想，給母妃也做幾身。」

煜太妃一口應了。「好，母妃這裡還有一些稀奇玩意兒，妳帶些回去，能用的就用上。」

陸雲箏拉著煜太妃撒嬌。「母妃給的，兒臣哪裡捨得用啊，要用就用皇上私庫裡的。」

「好，用他的！」

煜太妃一直留著陸雲箏到傍晚，直到謝長風尋了過來，這才把人放走。

「妳同母妃說了些什麼？她這般高興。」

陸雲箏道：「不告訴你！」

謝長風也不惱，只抓過她的手把玩。自從靜菡自盡後，煜太妃的精神總是不太好，陸北玄曾說她這是有了心結，但今日似乎是開懷了，明日再讓陸北玄來瞧瞧是否真的好轉了些。

這時候，系統突然提示兩個文化建設的任務已完成。看來長公主那邊的進展不錯……陸雲箏心想。

上午因為兌換書籍扣掉的十積分如今又漲了回來，陸雲箏心情大好，眼角與眉梢都帶了笑意，在這一身衣服襯托下，真是美得不似凡人。

這一晚，謝長風留宿在怡心宮，將白日親手穿上的衣裳又脫了下來。

「為妳穿上的時候，朕就想著要幫妳脫了。」

陸雲箏忍不住羞得捂臉，謝長風這個人怎麼那麼壞心眼呀……

宗鶴鳴這一趟出來，採購的糧草不多也不少，他原本已經想好了說辭要應付孔戟，卻沒想到孔戟尚未回營。

坐鎮的鄭衍忠似乎不太關心他帶了多少糧草回來，只道：「你回來了？正好，趕緊帶人開地。」

宗鶴鳴問道：「開地？我們要自己種地？」

鄭衍忠道：「那倒不用，將軍會帶人回來種，咱們先把地犁一遍，好趕時間下種。」

「我才剛回來，氣都沒喘勻，你好歹讓我歇一歇。」

鄭衍忠哈哈大笑道：「那你先喘喘氣，喘夠了就來幫忙。」

宗鶴鳴笑著應了，可當他轉過身，面色卻漸漸沈下來。孔戟若是自己開荒種地，那朝廷可就再也拿捏不住他了。

自開國以來，邊防將士都是靠朝廷補給糧草，可從未有過自己屯田的，聽鄭衍忠的意思，孔戟還帶了不少人回來專門種地？

孔戟這是起了異心？還是皇帝起了旁的心思？

鄭衍忠在宗鶴鳴轉身之後，臉上也沒了笑意。大家是多年以來一同出生入死的兄弟，眼看快要熬出了頭，只希望他不要做出什麼糊塗事才好。

長公主的生辰宴在京城名門貴族之間掀起了一陣不小的波瀾，她那身裝扮美得像是要奪去每個人的呼吸，可正因如此，從他人嘴裡形容出來的時候，就格外不真實，也招致許多夫人與小姐的非議——

「她能有什麼好東西？不過是譁眾取寵罷了！」

「我只知褻衣才會貼身而穿，外衣裹得那麼緊，那是良家女子會穿的衣裳嗎？這等傷風敗俗的裝扮也能稱之為美？」

在聽聞那衣裙是貴妃娘娘夜有所夢，才畫出樣式而製之後，眾人神情各異，又道：

「貴妃娘娘送的？呵！」

「若當真那般好，貴妃娘娘為何自己不穿？可見還是不合時宜。」

話雖如此，她們總歸是對那套裝扮起了好奇心，就是不知何時能再一窺全貌了。

如果陸雲箏在場，必然會大呼冤枉，她不穿是因為當時還沒得穿，哪裡是不想穿?!

比起那無法輕易想像出是何等模樣的衣裳，大家顯然對白玉潔膚膏更感興趣，只是陸雲箏準備的贈品不夠大，即便能帶回去，也是用不了多久就沒了。

饒是如此，仍讓人念念不忘，畢竟洗完之後清爽乾淨，還留有淡淡餘香，實在教人喜歡。

得知這也是貴妃娘娘弄出來的玩意兒，眾人頓時有些摸不著頭緒了，有精明的倒是猜到貴妃娘娘怕想賣白玉潔膚膏，可她缺銀子嗎？皇上的私庫不都是任她取用？

樂寧公主謝芳從長公主府邸出來之後，轉身就進了宮，在太后跟前大鬧。「陸雲箏她什麼意思？送給那個壞女人卻不送給我？存心要我難堪嗎？」

「胡鬧！那可是妳皇嫂和長姊！」太后喝斥了一句，又勸道：「那是她的生辰禮，妳的生辰不是還沒到嗎？再說了，妳堂堂一個公主，為了身衣裳跟哀家鬧成這樣，像什麼樣子！」

謝芳素來不怕太后，硬氣道：「我就要！母后，您不知道那身衣裳有多好看，那個壞女人都要得意死了！她一個不知廉恥、沒人要的老女人，憑什麼穿那麼漂亮的衣裳?!」

不知道到底是哪裡出了岔子，太后用心教養出來的姑娘性子都太過直率，喜怒哀樂全掛在臉上，曹昭儀如此，樂寧公主亦是。

「那妳想怎樣？」

「我要陸雲箏也送我，要比壞女人那一身更好看的！」

謝芳只差沒在地上打滾了，鬧得太后頭暈眼花，卻偏又拿她沒辦法，最後只得應下。「好了好了，明日她就要來請安，哀家與她說說，看她願不願意。」

「母后開口，她哪裡會拒絕！」謝芳不以為然地說道。

太后嘆了一聲。若是往日，陸雲箏或許不會拒絕，如今卻未必了。

此時曹琬心也來了，太后一瞧，她竟然也紅著眼圈。「這都是怎麼了?!」

聽曹琬心委委屈屈地說完，太后才知道，原來她是在宮裡碰到陸雲箏，瞧見了那身新衣裳。

太后按了按額角，擺手道：「莫哭了，那衣裳不是皇上特地為她做的，是她自個兒夢見，畫了圖紙，託長公主那邊的人做的。」

曹琬心的眼淚這才收了回去。「姑母，那衣裳好美……」

謝芳聽了這話，忙道：「母后，女兒沒騙您吧？那衣裳是真的好看！」

「罷了罷了，明日哀家替妳們各討一件。」

陸雲箏迷迷糊糊醒來，翻了個身，發覺身旁的人還沒走，便咕噥道：「皇上……」

謝長風合上手中的白皮書，下意識地掃了自己的下身一眼，這才應了一聲。

等陸雲箏清醒了些，謝長風才道：「這書朕帶走了。」

「您要找人謄抄嗎？」

「嗯。」

陸雲箏隨口應了，反正這書也是要給他看的，交給他處理無所謂。

謝長風又問：「妳看過嗎？」

「昨天剛拿到手的，還沒來得及看，怎麼了？」

「沒事。」謝長風道：「今日該去向太后請安，妳若不想動，不去也罷。」

想到那些肥羊，陸雲箏在被子裡滾了兩圈道：「還是去吧，穿新裙子去！」

「朕幫妳穿？」

「不要！」

謝長風暢快地笑了，被陸雲箏惱羞成怒地趕了出去。

進了書房，謝長風打開白皮書，片刻後又合上。也不知這是何人所撰，竟想出為豬閹割的法子，可真夠狠的。

將白皮書交給暗衛謄抄的那一刻，謝長風莫名有些同情那幾頭大白豬了……不，也許應該同情所有的豬。畢竟依照書中所言，除了種豬，所有的豬都得閹割，才能去其腥味。

再度穿上禮服，陸雲箏其實有點羞恥，不管怎麼說，在這個時代，這種打扮都是特立獨行的。可誰讓這裙子那麼美呢？曾經只能隔著螢幕流口水的華美衣裙如今就擺在眼前，誰能拒絕？

今日的髮髻是白芷照陸雲箏畫出來的樣子梳的，更適合戴皇冠，再加上昨晚的「滋潤」，她整個人可說是美得出塵。

陸雲箏站在鏡子前欣賞了好一會兒，有些遺憾這鏡子照得還不夠清晰。

【需要幫宿主接下製作鏡子任務嗎？】

陸雲箏果斷轉身道：「不了，謝謝！」

【恭喜宿主完成肥皂製作進階任務一（製造肥皂五千克）積分加十！】

【宿主已囤積大量肥皂，若全部出售，可以完成一個進階任務，獎勵十積分。】

「我會盡快出售的。」

【檢測到宿主身邊有醫學潛力高的人，已為宿主開放醫學典籍，可前往商城察

看。】

「你是不是覺得我最近太閒了？」

【宿主目前的種植、養殖任務進行良好，無須宿主費心，可考慮挑選部分新任務同步進行。】

陸雲箏放棄了走去找太后的想法，而是選擇坐上轎輿，方便察看商城。呂靜嫻被軟禁後，向太后請安時已不用到鳳儀宮集合，各自前往即可。

只見商城最底部出現了一本《中草藥匯編》，所需積分三十點。陸雲箏默默看著自己剩餘的積分，心中認定系統這是在給她特殊待遇，得好好利用一下才行。

「為什麼只有《中草藥匯編》？有類似青黴素的抗菌藥嗎？臨床外科之類的技術指導也很需要啊！」

【基於宿主所處的時代背景和醫學技術，請宿主先推廣《中草藥匯編》，前置任務完成後，會自動生成其他任務。】

「所謂醫學潛力高的人，是指陸北玄吧？我也覺得他醫術高明，應該能弄出青黴素，不如先給個配方試試？」

陸雲箏說完後，系統閃了一閃，《中草藥匯編》後面就多了一個《青黴素提取法》，所需積分十點。

暗自歡呼一聲，陸雲箏立刻兌換《青黴素提取法》，然後不忘保證。「我一定盡快賣掉肥皂，然後兌換《中草藥匯編》！」

然而系統並未理會她，只將任務版面擺到她面前，又自動勾選了十個任務。

陸雲箏哭笑不得，再三保證一定會積極完成任務，這才讓系統不再懟她。

等到轎輿停在仁壽宮外，陸雲箏剛好跟系統溝通完畢，她挺了挺腰桿，舉止優雅地步入宮內，曹玥清跟在她身側。

曹玥清自從表了忠心，得到陸雲箏的承諾以後，當真是安分守己，簡直跟隱形人一樣。去長臨觀時總是待在自己的院子裡，回到宮中依舊大門不出、二門不邁，整日都在房裡看書，太后曾派人想要尋她過去，卻連人影都見不到。

陸雲箏曾要曹玥清不必如此拘謹，她卻說她喜歡現在的生活，能自由自在地看書休憩，不需要看人臉色，更不必擔驚受怕，過得很是安寧。

臨近殿內，陸雲箏側首道：「莫怕，有本宮在。」

曹玥清心下微鬆，抬頭朝陸雲箏笑了笑，說道：「謝娘娘。」

在陸雲箏進殿的那一剎那，眾人的目光齊齊投了過來，眼底是毫不掩飾的驚豔。

「臣妾向太后娘娘請安。」

樂寧公主謝芳今日也在場，看得眼睛都直了。陸雲箏這一身，比長公主的更好看！

太后細細打量了一番，不得不承認，雖然有些不倫不類，但那身裝扮確實極美。饒是她再挑剔，也只能吹毛求疵說一句，這衣裳的上半身有些不雅，太貼合腰身了，不夠含蓄。

她讚道：「這身衣裳倒是好看，哀家聽樂寧說，是妳夢中所見？」

陸雲箏笑容甜美地說：「是呀，臣妾在長臨觀的時候，有一日作了夢，夢裡飄飄忽忽到了一處仙境，待了一日方才醒來。事後回想起來，實在羨慕那些仙女的穿著打扮，便畫了一些下來。」

太后還沒說什麼，謝芳倒是忍不住了，她兩眼發光地問：「妳還有其他好看的樣式嗎？」

陸雲箏點頭道：「有呀！」

謝芳難得露出討好的笑容說：「給我看看好不好嘛！」

陸雲箏笑道：「圖紙都在長公主那裡，樂寧公主若是想看，去尋她便是。」

第十三章　運籌帷幄

謝芳的笑容垮了下來，委屈地咕噥了一句。「怎麼都給她了？」

「臣妾私心想試試圖紙上的衣裳能不能做出來，又不敢煩勞尚衣監。恰逢長公主來訪，便向她提及，得知她麾下能人巧匠眾多，便將圖紙都交由她去試試，沒承想竟真能製成兩身。」

謝芳問道：「那能不能讓她給我也製兩身啊？」

「自是能的。」陸雲箏笑得越發甜美。「只要妳出銀子就好。」

謝芳頓時沈下了臉，就連太后臉上的笑容都淡了些許。

陸雲箏恍若未察，又道：「臣妾有幸能夢到仙境，見那裡人人衣食無憂、悠閒自在，心中感觸良深，若我們謝氏王朝亦能如此，該是何等美景？只可惜，回宮途中，臣妾瞧見的卻是流民衣衫襤褸、食不果腹，內心著實悲痛。

「在將圖紙贈與長公主時，臣妾即與長公主商定，圖紙上的衣裳若真能製成，便拿來出售，所得銀兩均用於各地賑災。臣妾惟願，有朝一日，我朝子民亦能如夢中之人那般幸福！」
良久後，太后開口道：「多少銀子？」
「禮服一件一百兩白銀，首飾一套一百兩黃金。」
殿內頓起一陣吸氣聲，便是曹玥清，都不由得抬頭看了陸雲箏一眼。貴妃娘娘當真是半點不懼太后啊，居然敢如此漫天要價。
謝芳忍不住喊道：「妳怎麼不去用搶的?!」
「樂寧！」太后斥道：「此乃用於賑災，意義非凡。」
陸雲箏笑道：「多謝太后！其實這個價格是看在您的分上定的，若是旁人想要，還要透過競價而得。畢竟這禮服用料上乘、做工繁複，一個月只能製成一、兩件而已。」
一口價？不可能！這種量身訂製的頂級奢侈品，當然要拍賣才行啊！
從仁壽宮出來以後，陸雲箏的臉上就掛著計謀得逞的笑容。長公主在生辰宴上如此高調，原本就是衝著樂寧公主去的，這禮服想要在貴族圈子打開市場，得靠樂寧公主才是！
按照樂寧公主的性子，一旦東西到手，怕是要滿京城到處炫耀，到時候可不就是個活招牌？

禮服的設計款式固然多，但目前能做出來的就那麼幾款，也不能大量製作，況且這種衣服多了可就不值錢了。

至於白玉潔膚膏，那更是不愁銷量，畢竟太后用了也誇一聲好！

等陸雲箏回到怡心宮，長公主已經恭候多時。

「姊姊倒是來得早。」陸雲箏笑道。

謝敏今日沒穿那身衣裳，這會兒細細打量了陸雲箏一番，嘖嘖道：「果然好東西都緊著妳用，我那皇弟當真是偏心！」

陸雲箏抿唇笑了笑，她這件確實比長公主的要好，連用的紗都不一樣，更別說那珍珠和寶石了。

「妳今日見太后可還順利？」

陸雲箏頓時笑得像隻小狐狸。「太后替樂寧公主訂了一套，至於曹昭儀，我看也等不了多久。」

謝敏也笑著說道：「妳還真敢要！」

「為何不敢？為了天下百姓，誰能說我半句？」

「那倒是。」關於這點，謝敏著實敬佩陸雲箏，若換她來，未必有這等魄力。「那曹昭儀若是尋來，要用什麼價格給她？」

「當然是拍賣嘍！等樂寧公主那一身拿到手，自然會有人找上門來，到時挑個吉日競拍，價高者得。往後每個月最多就只賣一身，若是價格下降，就停一個月再來。」

謝敏不禁撫掌大笑道：「妳這招真是狠，不過我喜歡！」

陸雲箏笑而不語。飢餓行銷嘛，這可是經歷市場多次驗證過的有效手段了。

謝敏今日前來，不僅僅是為了禮服，她說道：「這幾日陸續有人來問我白玉潔膚膏的事，我已經選好了鋪子，正按照妳的圖紙布置，妳要的木匣子也做了不少。我差人看過了，再過十日便是開業吉日，妳想好怎麼賣了嗎？」

「想好了。」

「說來聽聽？」

兩人湊在一起嘀嘀咕咕商量了半天，大致敲定開業那日的計劃，至於具體的細則，則要再慢慢琢磨一下。

謝敏由衷嘆道：「不如我將手下的鋪子都交給妳，虧損歸我，盈利咱們對半分？」

「姊姊莫急，將來還有得是好東西要賣呢！」

謝敏再次嘆了一聲道：「都是那該死的刺客，害妳失憶了十年，可真是虧大了！」

可不是嗎？陸雲箏也很想把那刺客揍一頓，若是她沒有失憶，這會兒哪還有女主角什麼事？她早就跟謝長風一生一世一雙人了，百姓也不至於如此悽苦！

【宿主能及時醒悟，也不算太遲。】

聽到系統插話，陸雲箏一時無語。

謝敏惦記著開店大業，連午膳都不用就急匆匆走了，剛剛與陸雲箏一番討論，她也有了些新的想法，得再去店裡瞧瞧才行。

等她離開，白芷就疑惑地問道：「娘娘為何非要與長公主殿下合作？說到鋪子，娘娘不是也有很多？」

普天之下莫非王土，謝長風再怎麼不濟，在京城都有幾條街的鋪子，陸雲箏手裡也有不少，白芷著實不明白為何非要讓長公主插進來。

陸雲箏笑道：「做生意總要有個代言人，本宮與皇上都深居宮中，人家想買也未必能找到我們。再者，皇上國事繁忙，哪能總拿這等瑣碎之事去煩他？」

白芷雖然不懂什麼叫「代言人」，不過既然娘娘有自己的考量，她便不再置喙。

傍晚時分，太后命人送來製作禮服與首飾的金銀，謝長風碰巧也在，聽桂嬤嬤轉述太后的話。「娘娘心懷百姓，甚好，只望能從一而終、不忘初心。」

陸雲箏大大方方應了，然後毫不客氣收下元寶，看得桂嬤嬤眉心一跳。這可都是從太后娘娘手裡拿出來的錢啊，貴妃娘娘真是膽大！

這一來一往，看得謝長風挑眉輕笑。

送走了桂嬤嬤，陸雲箏便將那堆元寶推到謝長風面前道：「拿去吧！」

謝長風將人拉進懷裡坐下，說道：「朕暫時還不缺銀子，妳可有什麼想做的？」

「有，我想在各地興建收容院、醫院與學院。」

「收容院、醫院、學院？」

「對，收容院專門收養孤寡老人和孤兒，以及身患殘疾之人；醫院用來替人看病；學院則是讀書的地方。」

謝長風仔細思量片刻後問道：「妳是想由朝廷出資，無償提供給百姓？」

陸雲箏回道：「是。」這三個機構即便能盈利，也是入不敷出，由朝廷提供是必然的。

謝長風靜默不語。這三院的設置目標是為了造福百姓，若從長遠來看，自是利國利民之事，不過……「眼下怕是還不行。今年秋收不好，得先顧全百姓的口糧，才能談其他。」

陸雲箏道：「我知道，這只是初步的設想，具體該怎麼做，其實我也不知道。」

謝長風輕輕摸了摸她的臉道：「妳能想到這些便足夠了，旁的由朕來做。」

陸雲箏點了點頭說：「目前這些銀子就先用來賑濟災民吧，希望不要再有流民了。」

「好。」

是夜，陸雲箏睡得香甜，謝長風卻緩緩睜開了眼。建設三院一事聽起來是有些天真，但未必不能行……

一夜未眠的謝長風早早召人進宮議事，而陸雲箏終於想起昨日換的《青黴素提取法》還沒拿出來，忙道：「去請陸太醫入宮！」

等陸北玄匆匆忙忙趕過來，陸雲箏就將白皮書遞過去道：「這是我在長臨觀的書房裡尋來的，似乎是好東西，你且瞧瞧能不能製出來。」

陸北玄接過書後愣了片刻，不過他沒說什麼，直接席地而坐，就這麼認真看了起來。

面對這樣的陸北玄，陸雲箏似乎見怪不怪，把房間留給他後就出了門，打算去看看大白豬。

【宿主就不怕秘密曝光？】

陸雲箏回道：「先不說他是我堂弟，我們可是自幼一起長大的，完全信任彼此！」

【宿主倒是好命，能與人互相扶持。】

陸雲箏笑著說：「那是，除了沒穿越成女主角，我也沒別的遺憾了。」

【難為宿主還記得女主角。】

陸雲箏頓時愣住了。是啊，系統不提起，她還真的快忘了，呂靜嫻已經被困在鳳儀宮好一陣子了吧？

被困了月餘，呂靜嫻最初的淡定與自信，早在謝長風回宮之後對她不聞不問之中被消磨殆盡，又因為嫡親的舅舅遭到斬殺，她悶在房裡痛哭了幾日。

經過先前的「肅清」，鳳儀宮的人都有些戰戰兢兢，唯恐惹呂靜嫻不快，已不復往日那般貼心，竟任由她這麼哭了幾日。

好不容易回過神來，呂靜嫻又得知謝長風要徹查貪墨案，她整個人瞬間如墜冰窖。不過到了這時候，她反而冷靜了下來，打定主意要弄清楚這到底是怎麼回事！

煜太妃見到呂靜嫻的時候，對她的從容倒是有些意外。

只見呂靜嫻跪下道：「不知母妃駕到，有失遠迎，望母妃恕罪。」

煜太妃上前一步將人攙扶起來，溫聲道：「起來吧，這些日子委屈妳了。」

呂靜嫻的眼底瞬間盈滿了淚。「母妃，兒臣從未想過要害您啊！」

「本宮知道妳是個乖孩子，自不會做這等糊塗事。」

大致上來說，煜太妃對呂靜嫻是滿意的，這兩年多來，她基本上履行了當初的承諾，以她的聰明隱忍，也不會中了太后的挑唆，貿然使出那等下三濫的手段。

這對見慣了皇宮中爾虞我詐的煜太妃來說，著實都是小事。當初之所以答應立呂靜嫻為后，一是為了安撫拉攏呂家，二是為了制衡曹家，三則是為了拖延時間。

如今，時機似乎已經成熟了。

「這些日子前朝事務繁雜，皇上一時半刻顧不上後宮，讓妳受苦了。」

呂靜嫻搖搖頭道：「有母妃您這句話，兒臣不苦！兒臣就怕您信了旁人的話，誤以為兒臣真要對您下毒手。」

「本宮知道不是妳。」煜太妃道：「但這件事終究要給人一個交代，畢竟太后下了懿旨，即便是皇上，也不好當作什麼都沒發生。」

呂靜嫻行了一禮道：「兒臣全憑母妃做主。」

送走了煜太妃，呂靜嫻就回到房裡，將一直捏在手心裡的細紙條燒了。長臨觀的馬鈴薯原來已被運往邊關，難怪謝長風如此大張旗鼓地在京城攪和，竟是為了讓孔戟乘機屯田。

一旦糧草無憂，孔家軍將如蛟龍入海、虎豹得幽，當初被朝廷掣肘多年，孔戟仍舊能幫謝長風坐穩皇位，如今他若能放開手腳，謝長風便將不復往日的怯弱，也難怪煜太妃整個人都不同了。

只是不知，有朝一日，失去孔戟這一大助力，謝長風的神情會是如何？

昏暗的室內，呂靜嫻的表情冰冷如霜。

太后向貴妃訂了一套首飾與禮服的事很快就在京城傳開了，這下子猶如冷水入了油鍋，將大家驚炸了起來。

再一聽那價格，更是目瞪口呆，竟然要百兩黃金跟百兩白銀才能得到一套？怕不是金縷衣吧？那些東西當真這麼美?!

樂寧公主這些日子等禮服跟首飾等得抓耳撓腮，可她既不敢找長公主討要，又不敢進宮去跟太后哭鬧。那日陸雲箏走了之後，太后的臉色十分難看，雖然沒有罵她，但那種壓抑的氣氛卻更讓人心慌。

雖然樂寧公主向來任性，然而見太后動了真火，她哪裡敢再進宮去觸霉頭？

陸雲箏當然知道樂寧公主著急，其實東西早就做好了，但陸雲箏還是等到肥皂鋪子開業前一天才送到她手上。除了禮服與首飾，還附上了肥皂，木匣子裡有一張做工精緻的小木牌，一面刻上漂亮的雕花，一面刻著「ＶＩＰ」的字樣，裡頭還填了金箔。

許是那套禮服實在太美，許是樂寧公主有心炫耀，她沒有讓陸雲箏的盤算落空，當日就放出消息說隔天會去長公主的新鋪子捧場，還找了個藉口說是要為太后挑選白玉潔膚膏。

這下子原本不打算親自去肥皂鋪子的人紛紛改變了主意，打算好好挑件美麗的衣裳穿去出席。

聽到這件事，謝敏只笑了一聲道：「倒還識趣。」

陸雲箏道：「明日姊姊就能宣布第一次競拍的日子了。」

「這麼急？可不是妳的性子。」

陸雲箏笑道：「沒辦法，誰讓我缺銀子呢！」

謝敏腦子轉了一圈，說道：「妳是想要救濟災民？以妳一人之力，怕是不容易。」

陸雲箏搖搖頭說：「並非如此，我有其他計劃，需要不少銀兩才能實施。」

「罷了，回頭我送些銀票給妳，若妳想要糧食，我也有。」

「姊姊不必如此！」

謝敏擺擺手道：「百姓於我，亦是責任。往日我只是私下施粥，其餘的不知要做些什麼。倒不是捨不得銀子或糧食，而是不願便宜了那些個貪官污吏。」

陸雲箏明白長公主的意思，又想到自己確實很缺錢，也就接受了，反正將來她會幫長公主掙回來的。

謝敏問道：「開業當天妳說我穿什麼衣裳好？」

陸雲箏失笑道：「明日的風頭得讓給樂寧公主，要委屈姊姊了。」

謝敏不以為意道：「我本就沒將她放在眼裡。」

「那我建議姊姊穿身乾淨清爽的衣裙，髮髻與首飾以簡練為主，切莫太過莊重。我猜測明日大家都會盛裝而來，姊姊就要出其不意，既不會壓過眾人，亦不會被人忽略。」
「好。」
「妳給了陸北玄什麼好東西？」
「嗯？」
「他剛來跟朕要人要地、要銀子，說要做什麼實驗？」
陸雲箏「哦」了一聲，擱下筆道：「要就給吧，若是真能弄出來，應該能拯救千萬人的性命。」
謝長風聽見這輕描淡寫的話，微微一愣道：「是要製藥？」
「對！」陸雲箏將手中的紙遞給謝長風說：「我最近仔細想了想，現在確實無力建設三院，但皇上可以先網羅人才，以免將來想要做什麼時人手不足。」
「這件事老師一直都在做。」
「我知道，爹爹他尋的多是治國之才，可我們缺的是各方面的人才。」陸雲箏認真道：「皇上，只有讓專業的人做專業的事，才會更有效率，一切也更完善。」
不知為何，謝長風突然想起那本《優良大白豬養殖技術要點》，有些五味雜陳地說：「確實如此。」

「授人以魚不如授人以漁，若只是一味發賑災糧，不僅解決不了問題，還有可能養出一群禍患，畢竟很多人都是背井離鄉，而且找不到事做。我覺得可以提供幹活兒的機會，讓他們以工換糧。」

謝長風眼神專注道：「何解？」

第十四章　馬不停蹄

「命人帶上銀兩與口糧，去各州各省貧困之地，打聽民間的能人，砸錢聘用他們來傳授經驗，同時或買或招募貧民百姓做事，大夥兒邊學邊做，乘機選拔好苗子。」

謝長風點頭道：「如此安排倒是不錯，只是未必有這麼多差事供他們做，若只是隨意做點事就能換得口糧，時日一久也會使人懶惰。」

陸雲箏笑著說道：「能做的事太多了，不是有馬鈴薯嗎？與其讓朝廷掌控，層層剋扣後再發給百姓，倒不如安排集體耕種，既能保證產量，還能將種植技術傳播出去。

「另外，想要大量製作肥皂，不是得先養豬嗎？那麼不如在各地養殖。大白豬的數量目前是少了點，但是本地的豬也可以根據那本指南來養，既然都是豬，很多技術應該是通用的吧？

「等豬肉的產量提高，可以便宜賣給百姓，讓大家都能吃上肉。等養好了大白豬，我就能拿到更多養殖指南，到時候其他牲畜也能照書養。

「還有醫術，民間懂醫術的人其實很多，只是許多人一輩子不曾到過別處，若能提供他們交流學習的機會，得利的終是百姓。

「最後便是學院。皇上，其他事暫且不論，但若是有餘力，得先顧好老人和孩子。老人可以做點力所能及的事，孩子則必須早日啟蒙，哪怕不讀書，學些一技之長也好，少年強則國強啊！」

聽到這些話，謝長風久久不語，他看著手中的薄紙，感覺似有千斤重。這上面密密麻麻寫了許多想法，不只是種田養豬、紡織刺繡，還有廚師、泥人、工匠等各行各業，且都有可行之處，並非空口說白話。

「今日長公主的肥皂鋪子開業，應當能有筆不小的進項。」陸雲箏輕聲道：「銀子不夠可以慢慢來，我也會多想一些掙錢的法子，咱們先選一、兩個地方試試看行不行得通，好不好？」

謝長風將陸雲箏擁入懷裡，一口應下。「好。」

衝著她這份心意，即便不行，也必須行！

邊關，王大牛一家子窩在一起躺著，雖然累了一天，大家卻很高興，來這裡之前，他們可從沒想過日子會過得這麼好。

不僅能吃飽穿暖，還有現成的房子住，雖說擠了點，但聽說孔將軍已經安排人手蓋新房，只要好好幹活兒，就能住進新房。

他們一家到這裡已經有好些天了，這段時間白天要犁地，夜裡則跟人學習種植一種叫「馬鈴薯」的莊稼。他本就是種田好手，再加上學得用心，前兩天就分得了一顆馬鈴薯進行育種。

就在今天下午，王大牛幹活兒回來時，發現他的馬鈴薯發芽了，這意味著他有了種植馬鈴薯的資格，這對他們來說是天大的喜事。

「還是爹厲害，這麼快就學會了！」

「你們也要用心學，我今天聽趙管事的說，過兩天就要下種，好趕在年前收一波。」

「這馬鈴薯可真是好東西，既好吃又長得快，伺候妥當了還生得多呢！」

「是啊，這麼好的東西竟然分給我們吃，將軍真是大善人！」

誰能猜到那兩位少爺當中其中一個就是孔將軍，他們真是跟對人了。

「所以我們更要好好幹活兒，不能偷奸耍滑。」王大牛說著說著，忽然覺得有些不對勁，側頭一看，才發現自家婆娘已經睡著了，難怪像是少了個人似的。

「娘每天要燒好多人的飯呢，許是累著了吧。」

聽見兒子的話，王大牛不免有些心疼，可想到將來的日子，他又充滿了幹勁，只有一家人都努力做事，才能早點住進新房。

隔天一大早，王大牛就捧著那顆發芽的馬鈴薯去找趙管事了。趙管事是個和善的中年人，非常了解馬鈴薯，說起馬鈴薯的事情能講個不停，對種植各方面的要求也都很高。

趙管事拿起那顆馬鈴薯仔細看了一會兒，誇道：「不錯！明天起你就跟著我一道去下種，不必再犁地了。」

馬鈴薯必須深耕種植，是以這些日子大夥兒一遍遍犁地，下種都是趙管事親自動手的，這會兒得了他的允許，王大牛歡喜得都快結巴了。「好、好的！」

趙管事是孔戟的心腹，早就將眾人的表現看在眼裡，對勤懇踏實的王大牛一家頗為滿意。「好好幹活兒，將軍不會虧待你們的。」

此刻，距離耕地處不遠處的軍營裡，鄭衍忠道：「他傳了消息出去。」

孔戟頓了頓，淡淡道：「知道了。」

「有沒有可能是給家裡捎信的？他嫂子不是才剛生了個姪子嗎？」

孔戟抬頭道：「若真是如此，你也不會特地來稟報我。」

「他在軍營裡散布將軍要屯田的消息，還說這是等同謀逆的大罪。」鄭衍忠終於忍不住怒道：「你說他圖啥？啊？一步步爬到今天他容易嗎？」

孔戟道：「人各有志。」

鄭衍忠氣得不得了，罵罵咧咧的，像是恨不得把宗鶴鳴抓過來撬開腦殼看看。

孔戟這是屯田嗎？好吧，這確實算是屯田，可這是因為朝廷不給飯吃啊，連最底層的士兵們都懂的道理，他居然還往外遞消息，想動搖軍心，幸虧現在並非戰期，否則宰了都是活該！

孔戟任由他發洩，半晌才道：「挑些沈穩可靠的人，過陣子有事要做。」

「是！」

「娘娘，長公主殿下派人來說，店裡的東西都賣瘋啦！」白芷興奮地說道。

陸雲箏失笑道：「也就是賣肥皂而已，從妳嘴裡說出來倒像是開了間超市似的。」

白芷好奇地問道：「超市是什麼？」

陸雲箏露出些許懷念的神情說：「將來妳就知道了。」

白芷嘟了嘟嘴，又道：「長公主殿下問您，先前準備的一千份禮盒裝肥皂都賣光了，單個的也快沒了，需要補一些嗎？」

「不，照原計劃行事。」

今天銷量之所以超乎預期，原因出在樂寧公主身上，許多人都是衝著她那身衣裳去的，不過是順手買了肥皂，並非專程前去購買，畢竟先前送出去的那批禮物太小，還不至於引爆流行，不過這批銷售出去的量夠大，白玉潔膚膏的名氣會漸漸傳開的。

陸雲箏有自信，在未來很長一段時間，這玩意兒都會供不應求，那還不如從一開始就限量。

「長公主殿下還問，趁著人多，大家也都很想要禮服，今日能否就競拍一套？」

陸雲箏笑了，這長公主倒是有當奸商的資質，這是想引人衝動消費嗎？「可以，拍兩套都不成問題，不過要說明往後一個月只出一套。」

白芷應了一聲，歡快地跑出去回覆。

陸雲箏搖頭失笑，繼續餵大白豬吃東西。自從把養豬白皮書給了謝長風，豬圈很快就變了樣子，兩頭公豬被分開養，這才多久的工夫，三頭母豬有兩頭都懷了崽子，這效率真是沒話說！

那五頭豬崽也不遑多讓，肉眼可見地肥了一圈又一圈，看來也不一定非要吃飼料才長得快吧。

【請宿主仔細看看手裡的豬食。】

陸雲箏心想，行吧，全是多虧系統給的食物。

餵過豬，陸雲箏又去菜地裡瞧了瞧，只見一片鬱鬱蔥蔥，滿眼都是充滿生機與活力的顏色，雖然這些蔬菜瓜果還沒能收成，她也分不清什麼是什麼，但是看著就舒心。

回到宮裡，陸雲箏突然有些無所事事，所有任務都有條不紊地進行著，而她能想到的法子也差不多了。

「娘娘不如歇一會兒？」菘藍其實很心疼自家主子，自從落水醒來之後，她就沒怎麼休息過，整日琢磨這個、安排那個，連午間的盹兒都不打了。

陸雲箏立刻從善如流地躺下，靠在柔軟的貴妃榻上，舒服地嘆了一聲。其實她也覺得自己這些日子辛苦了，她本是條鹹魚，奈何被逼成了戰鬥機。

【已幫宿主刷新任務，請察看。】

這系統還真是見不得她偷個懶啊……

看了新任務一眼，發現竟然是製作牙刷，陸雲箏頓時來了精神。她早就想過要做這個了，但是她不會啊，手殘就是這麼可悲！

菘藍正不明白自家主子怎麼才躺了一會兒就翻身而起，卻聽見陸雲箏喊道：「快去準備些材料，本宮要做好東西啦！」

趁著等材料的空檔，陸雲箏又跟系統打交道。「只有牙刷嗎？有沒有製作牙膏的任務？」

【製作牙膏所需的小蘇打，宿主做不出來，待宿主完成製造牙刷的任務後，將開放兌換《製鹼法》。】

陸雲箏頓時無語。這是瞧不起誰呢?!

仁壽宮裡，看著眼前的人，太后連表面功夫都懶得做了，只道：「無事不登三寶殿，妳來做什麼？」

「來給您送樣東西。」

煜太妃抬了抬手，她身後的侍女就上前幾步，呈上手裡的東西。

太后眼神掃了過去，見似是一封書信，她略一頷首，桂嬤嬤便接過書信。打開後，桂嬤嬤只看了兩眼，臉色就微微變了。

「怎麼不唸呢？」太后不禁側目。

桂嬤嬤往太后身前走了幾步，躬身在她耳邊低語幾句，太后隨即目光微閃，抬手接過書信，自己看了起來。

煜太妃端起茶盞，垂下眼眸，不緊不慢地撥著茶水，看茶葉在杯中起起伏伏。

「您大概沒想到，靜菡並不信任您，所以與您的每一次交易，她都仔細記錄了下來，為的就是有朝一日若莫名身亡，還有個伸冤的機會。」

太后怒道：「放肆！」

煜太妃抬頭道：「這是靜菡的親筆書信，太后若是不信，自可尋人比對字跡。」

太后瞪著煜太妃，可煜太妃卻分毫不讓。「奉勸您別想毀屍滅跡，這樣的書信可不只一封。」

良久，太后咬牙切齒地問：「妳想怎樣！」

「靜菡無故死在仁壽宮，總要給本宮這個當主子的一個交代不是？」

「她是自盡而亡！」

煜太妃緩緩道：「本宮不信。」

「不信又如何？」

煜太妃的目光緩緩掃過桂嬤嬤，輕聲道：「靜菡謀害本宮，證據確鑿、死有餘辜，可她的同謀卻還逍遙法外。太后，若換成是您，您會怎麼做？」

經過好一段時間，煜太妃終於出了仁壽宮，她也不坐轎輿，就這麼緩步行走在宮牆之間。

當年剛入宮時，她連豆大的字都不識一個，是靜菡在夜深人靜之際，一筆一劃教她的，沒人比她更清楚靜菡的字跡。

在這皇宮中，沒有人永遠忠誠，她身邊的人會背叛，太后身邊的人亦會。

「這些都是貴妃娘娘想出來的？」

「是。」謝長風道：「崔大人以為如何？」

「臣自愧不如啊！」崔鴻白嘆道：「這全是利國利民的好事，若真能達成，本朝將會是何等繁榮昌盛！只不過，想讓所有人都能讀書識字、讓各行各業的翹楚傾囊相授，實在是太困難了。」

謝長風道：「貴妃在夢裡所見之國度便是如此，人人知書達禮、安居樂業，如《禮運大同篇》所述。」

崔鴻白眸光一閃道：「那個國度可還有世家貴族？」

「有世家無貴族，那裡的世家底蘊深厚、學子遍地，是人人尊崇的學術聖地。」

靜默一段時間之後，崔鴻白回道：「事關重大，容臣再思量思量。」

「崔大人向來憂國憂民，否則何至於困頓多年？還望崔大人不要讓朕失望。」

面對謝長風這般期許，崔鴻白卻是搖頭不語。這個承諾太重，他不敢輕易應允。

「系統，我不是很明白，既然要改善民生，那怎麼沒有印刷造紙、火藥指南、建橋修路之類的任務呢？」

【以宿主目前的能力，還不足以完成該類任務。】

「你對我是有什麼誤解吧？就算我不會，可以找會的人去做啊！」

【這類任務需要大量人力與財力，宿主的完成度不會太高。就算勉強完成，百姓目前也沒能力享受，建議宿主專心解決溫飽問題。】

「很簡單啊，給我多來幾個主糧任務不就好了？光種馬鈴薯風險很大，要是有個什麼萬一，大家一樣得挨餓。」

【任何新物種與新技術的推廣都需要時間及精力，一口吃不成胖子，只會吃壞肚

子。】

陸雲箏忍不住回道：「老實說，你把《海鹽精製法》的積分標那麼高，是不是就只是吊著我做任務，而不是真心想給我？」

【海鹽精製需要持續投入人力及物力，若不能在這方面得到保證，以目前的局勢，有一定機率引發內亂，宿主確定現在就想要嗎？】

聽到這些話，陸雲箏只得放棄。說到底，還是謝長風如今的拳頭不夠硬，海鹽這種重要戰略物資，必須死死捏在自己手裡才行，否則即便成功開發，最終獲利的也不會是百姓。想放開手腳幹大事，得先弄掉那些個絆腳石才行！

眼下還是先做出牙刷吧，然後看能不能弄出小蘇打，畢竟海鹽這隻會下金蛋的母雞短期是指望不上了，得再想點主意掙錢，有錢才好辦事。

看過系統顯示的步驟，陸雲箏覺得做牙刷可真簡單，先用木材製成牙刷柄，在頂端橢圓形的部位鑽四排細孔，將豬鬃毛對摺，用細絲拉扯住塞到細孔裡，然後在背部固定好細絲，按照一定長度剪斷豬鬃毛，一個簡易的牙刷就做好了。

說起來很容易，可等到陸雲箏親自動手做時，光是要製成牙刷柄都難，不過有擅長雕刻的玉竹在，一切不是問題，沒多久工夫她就製出好幾把，除了豬鬃毛，還試了試馬尾毛。
「娘娘，這是什麼呀？」玉竹好奇地問道。
「這是牙刷，潔牙的，要不要試試看？」
平常陸雲箏都是用楊柳枝潔牙，只要提前將它泡在水裡，要刷的時候用牙齒咬開，裡面就會岔出一些楊柳纖維，類似小木梳。其實這樣倒也方便，就是沒有牙刷清潔得那般徹底。
白芷等人沒見過牙刷，學陸雲箏試著刷完牙之後，眼睛都亮了，她不禁讚道：「這個感覺刷得好乾淨！」
陸雲箏笑道：「若是有牙膏，會更乾淨。」
「牙膏是什麼？」菘藍問道。
「一種清潔牙齒的東西，等以後有機會再琢磨一下，看能不能弄出來。妳們可以沾點細鹽粒刷牙，效果也不錯。」
四位侍女笑著應了。瞅著天色還早，材料也還有剩，她們又忙活開了，準備多做一些。
陸雲箏聽系統提示任務完成，默默點開商城，用十積分兌換那本《製鹼法》，剛到手的積分還沒捂熱就花出去不說，還倒貼積分，說多了都是淚。

在宮門關閉之前，長公主派人遞了消息進來，看到今天最終進帳的金額，饒是陸雲箏都意外地挑了挑眉。這長公主怕不是個被公主身分埋沒的行銷天才吧？

還是謝長風替她解了惑。「競拍成功的是曹、呂兩家，她們今日在皇姊店裡槓上了。」即便禮服有兩套，可誰不想證明自己看中的東西更有價值呢？

陸雲箏頓時了然。

拍賣嘛，最怕的就是腦子發熱、數字輕易脫口而出，等掏銀子的時候才驚覺那是筆多大的金額。不過後悔也遲了，誰讓幾乎全京城的貴族都見證了這番比拚呢？再說了，比起他們兩家這麼多年貪墨的銀兩，區區幾百兩又算得了什麼？

滿意地點點頭，陸雲箏將剛兌換出來的白皮書遞給了謝長風。

第十五章　粉飾太平

「這是何物？」

「是特別好的東西，若是能製出來，便能做出許多實用的物品！」

鹼可以應用在各方面，小到吃喝，大到化學工業，都離不開它。系統之所以提前讓她兌換，也是擔心將來需要的時候供應不了吧。

謝長風順手翻開看了兩眼。他自認是博覽群書之人，卻發覺完全看不懂書中內容，不服輸的他當即坐到桌前，仔細研究了起來。

陸雲箏抿唇偷笑，卻沒提醒他，化學方程式可不是一時半刻能摸透的喲！

是夜，瞧見陸雲箏幸災樂禍的模樣，謝長風捏了捏她的臉道：「桂嬤嬤沒了。」

陸雲箏一時沒反應過來，呆住了一會兒才道：「沒了？」

「母妃今日去了太后宮中，拿著桂嬤嬤指示靜菡謀害她的證據，桂嬤嬤當場撞壁而亡。」

陸雲箏愣愣道：「母妃哪來的證據？」這種事還能有證據？是靜菡傻還是桂嬤嬤

傻？

「是靜菡的親筆書信。」謝長風拍了拍陸雲箏的背安撫道：「桂嬤嬤知道太后太多私密之事，心知太后不會放她離開，母妃也不會放過她，與其被迫叛主，倒不如一死了之。」

陸雲箏頓時有些茫然。不同於呂靜嫻身邊那些人，桂嬤嬤算是看著她長大的宮人，即便知道桂嬤嬤跟在太后身邊，手裡肯定沾了血，可在面對她的時候，一直都是個慈祥老人。

前幾日還見過的人，突然就這麼被煜太妃給逼死了，雖說她並不無辜，可到底讓人唏噓。

陸雲箏說不出這是怎樣的滋味，只有種莫名的淡淡哀傷，後宮爭鬥，先死的向來都是跑腿的奴僕。

謝長風低聲道：「別多想，在這皇宮裡，是非對錯本就難斷。桂嬤嬤這些年沒少幫太后做事，她心裡大概也有準備了，否則不會如此乾脆赴死。」

有桂嬤嬤這種身分地位，想要保命其實不難，但她顯然不願苟且活著。

陸雲箏低聲說道：「她幫太后謀害母妃，本就犯了死罪，道理我都明白，但還是有些難過。」

謝長風收攏了手臂。「朕明白。」

同在怡心宮的曹玥清聽聞桂嬤嬤自戕的消息，微愣之後，淚珠滾滾而下。上一世，她就是被桂嬤嬤親手灌了一杯毒酒走的。

那杯毒酒下肚，疼得她生不如死，饒是重來一世，她在面對桂嬤嬤的時候，都下意識地想逃離，不料桂嬤嬤竟然就這麼尋短了！

明明她什麼都還沒來得及做，為何好像很多事都不一樣了？

至於仁壽宮那邊，夜已深，太后卻睜著滿是血絲的眼，毫無睡意，桂嬤嬤死前的模樣，一直在她眼前晃悠。

「那個該死的女人……哀家就不該放過她！早該動手的……早該殺了她！」

辛嬤嬤輕聲勸道：「娘娘，您別氣，別氣啊！」

「桂嬤嬤她是哀家的乳母啊！她怎麼敢？怎麼敢就這麼逼死她！」

辛嬤嬤又道：「桂嬤嬤她也是為了您才會這麼做，您要保重身體，不能辜負了桂嬤嬤一片心意。」

太后哪裡聽得進去，她這一生除了兒子早夭，唯一苦的只有與先帝的感情不睦，可後宮裡哪個女人不是如此？古往今來哪個皇后能得聖寵不衰？

那個女人剛入宮的時候，先帝正寵著其他妃子，在太后眼裡，那個無依無靠又無知的民女輕易就能拿捏住。事情正如她所料，那個女人輕易就投靠她，她便將她當作一把刀，將先帝身邊得寵的妃子都誅了個乾淨。

可誰知道，那個女人竟是把雙刃劍，不聲不響就將她胞弟送到軍中，企圖坐穩在宮中的位置。從那時候起，太后就想要除掉她了，可她滑溜得很，防備心也重，一次次僥倖逃脫。

十年前，長臨觀一劫讓她受驚小產，雖說還留著一條命，但到底壞了身子，再也沒了往日的風光，太后竟想不起自己當年為何就那樣放過了她！

隨著太子暴斃、先帝駕崩，那個女人又出現了，親手將她那個不起眼的兒子推上了皇位。太后本不甘心，可又沒的選擇，她過去下手太狠，與太子年歲相當的皇子能活下來的太少，只能眼睜睜看著她如願。

這兩年，太后將她壓得死死的，眼瞅著謝長風日漸不安分，才想著在合適的時機讓她死，好重創謝長風，沒想到人沒殺成，還折了她的乳母。

「哀家恨啊！」

裊裊的清香中，太后不甘的怒吼響徹殿內。

一大早，謝敏就一臉喜氣地入了宮，將帳本放在陸雲箏面前得意道：「妳瞧瞧！」

陸雲箏原本有些懨懨的，翻過帳本後倒是提起了精神。「姊姊生意興隆啊！」

「是我們生意興隆，這裡頭有一半是妳的呢！」

陸雲箏瞇起眼笑著說：「聽聞姊姊昨日將那兩套禮服賣出了天價？」

「只能說是趕巧，呂家那位潑辣的跟曹家那位誰都瞧不上的碰見了，既然她們那麼想一爭高下，我當然要順水推舟啊，妳說是不是？」

陸雲箏點頭道：「那當然，不然當場鬧起來，豈不是要砸了我們的招牌？」

「所以嘛，我瞧著勢頭不對，趕緊賣了禮服，大家有氣互相撒。」謝敏笑得好似一隻狐狸。「樂寧本也想拍一套呢，可加了兩次價就瞧出不對，不吭聲了。」

能搜刮那兩家一頓，陸雲箏自然高興。「下次姊姊若是看誰不順眼，可以暗地裡找兩個相熟的姑娘，適當抬抬價格，炒熱一下氣氛也好。」

謝敏是何等人精，眨眼間便懂了她的意思，搖頭道：「妳這丫頭鬼點子可真多！」

陸雲箏推託道：「也不是我想的，是從書裡看到的。」

謝敏又道：「昨日競拍的時候，我突然想到，不如建個用來競拍的地方吧，就這麼隨意坐著，看起來亂糟糟的，而且有些門戶較低的夫人跟小姐都不太敢當眾出價。」

「那就建個拍賣行，做出小隔間，多設立幾個入口，每次入內都戴上及地的黑紗帷帽，遮擋身分，以達到公平競拍的目的。」

謝敏撫掌笑道：「好主意！」

說做就做，陸雲箏拿了筆墨過來，畫出大致上的構想。正中央是供賣方展示拍賣物品的地方，四周圍上一圈小隔間供買方坐下，若想競價，舉牌子示意就好。

陸雲箏心想，要是有單向玻璃就好了，外面的人只看得到自己的倒影，瞧不見裡面，這樣就能夠百分百隔絕窺視。

謝敏沒想到她不過是隨口一提，面前這丫頭馬上連圖都畫了出來，而且瞧著還不錯。

陸雲箏道：「大概就是這樣，也不一定要做成圓形，同戲樓裡那般也成，只要隔開大家，互不干擾，讓所有人都能肆無忌憚地出價就行了。」

謝敏看著那圖紙，忽然嘆了一聲道：「先生是一代丹青聖手，我那皇弟亦是浮雲驚龍，怎的到了妳這裡連點皮毛都沒學到？這字寫得連我都不如呢。」

「姊姊的才情可是名滿京華，我如何能及？」

「怎不能及？我看妳就是懶！」

陸雲箏乖巧地笑著，也不辯駁。字畫都是練出來的，她打小就貪睡貪吃，哪裡坐得住？陸銘對她素來寵溺，自不會強行拘著她練，功力就差強人意了。

「對了，我來的時候，瞧見妳似乎有些低落，發生何事了？」

「桂嬤嬤昨日自戕了。」

謝敏雖不大過問宮裡的事，倒也略知一二，早些日子太后突然派人圍了鳳儀宮，聲稱皇后謀害煜太妃。她在得知煜太妃的身子無大礙後，便沒怎麼往心裡去，左右不是她能插手的，沒想到這事拖到如今才有了個不算定論的結果——太后果然是作賊的喊捉賊。

沈默片刻後，謝敏說道：「太后向來如此，桂嬤嬤她……也算是善惡有報吧。」

陸雲箏點點頭，應了一聲。

謝敏知道她素來心軟，便岔開話道：「昨日準備的白玉潔膚膏都賣光了，今日又有人想買，我按妳的意思推說無貨。」

陸雲箏頷首道：「這東西暫時無法大量製造，只能省著點賣。」

謝敏下意識地說道：「是不好做嗎？那價格再翻一倍吧。」

「倒也不是，是材料不夠，白玉潔膚膏需要大量油脂，得先養豬才行。」

謝敏並未嫌棄原料低賤，只嘆道：「竟是豬身上之物製成！」

「所以得先養豬，才能大量生產。」

謝敏道：「難怪妳在宮中養起豬來，原來是為了這個。」

陸雲箏在後宮建了個豬圈的事很早就傳開了，但眾人只當她是養著好玩，是以無人過問。

「說來，我昨日製了個小物，姊姊拿去試試看喜不喜歡。」

她話音剛落，白芷便放了個小木匣到桌上，陸雲箏道：「這是牙刷，潔牙用的。」

謝敏拿起來細瞧，又聽陸雲箏講了用法，便道：「我那裡有一秘方，也是用於潔牙的，我嫌棄太黏糊，一直懶得用，若配上這個牙刷倒是剛剛好！」

陸雲箏雙眸一亮道：「那正合適，可以搭配成套出售。」

「真是瞌睡有人送枕頭。」謝敏笑道：「我原本正愁店裡東西不夠賣，想再跟妳商量一下，想不到這就有了。」

有錢掙，陸雲箏頓時振奮不已。「這牙刷還能再做得精細些，目前就用了豬鬃毛和馬尾毛，應當還有其他毛可以試試。有人喜歡硬毛刷，有人偏好軟毛刷，咱們各自都備一點。」

謝敏瞧著三言兩語的工夫，某人又畫了滿滿一張圖紙，甚至連裝牙膏的器皿都有好幾樣，不禁嘆為觀止。「真不知妳這小腦瓜子裡裝的都是些什麼，哪兒來這麼多鬼點子。」

陸雲箏抿唇輕笑。她哪來的鬼點子？還不都是上輩子的見識，只是自個兒一時半刻想不起來，若有人起了頭，便能滔滔不絕。

謝敏剛開店，興頭正濃，拿了兩張圖紙就要走。「妳且等著我的好消息！」

經長公主這麼一打岔，再看看她特地送來的真金白銀，陸雲箏覺得自己還是不能太閒，得再想一些日常中消耗大但製作方法不那麼複雜的東西，好開拓財源。

謝長風得了那本《製鹼法》，越看越感奧秘，他也不扭捏，立刻決定找些人來一同琢磨。

崔鴻白應召入宮的時候，還暗道謝長風太心急，等看到他手裡的書，眼睛頓時亮了，與他一道來的宰相譚懷魯和御史大夫伊正賢也是一副如獲至寶的樣子。

這三人可是朝廷中學問最好的，兩個出身世家嫡系，一個是陸銘親手培育，見他們也是一臉困惑，謝長風莫名得到了些許慰籍。

另一頭，聽聞譚懷魯被謝長風召進宮，陸雲箏猛地想起一事。

在當時那個夢裡，今年年底，譚懷魯似乎就要上摺子致仕，謝長風多番挽留無果，終於還是在明年科舉後放手讓他回了老家，而接替宰相一職的，是譚懷魯親自舉薦的人，也是呂靜嫻魚塘裡的一條大魚。

絕對不能讓譚懷魯致仕！其實他身子骨兒硬朗得很，也有一顆為民之心，之所以致仕，差不多就像崔鴻白那般，對謝長風與朝廷徹底失望，最終黯然離去。

先前的貪墨案之所以能拉下那麼多人、抄出大量銀兩，譚懷魯功不可沒，陸雲箏覺得，若是謝長風有所作為，應當能留住他吧？

比如今天讓他來探討那本《製鹼法》，就是很明智的做法了！

「譚大人有致仕之心，只是尚未尋到合適的接任者，所以一直未上摺子。」謝長風道：「朕今日召他入宮，也是存了留住他的心思。」

陸雲箏忍不住問道：「那麼譚大人對製鹼一事可有興趣？」

謝長風笑道：「何止是有興趣，他們三人今晚都留在宮裡了。朕再陪妳一會兒，就過去瞧瞧。」

「皇上快去，我不用人陪！」

「好好好。」

趕走謝長風，陸雲箏來到桌前，開始琢磨還有沒有什麼好東西能做。其實能掙錢的法子很多，但她大多做不出來，像是護膚品跟彩妝之類的。就連最愛吃的火鍋，她都不知道底料該怎麼配，更別說八大菜系、西餐點心了。

【需要幫宿主接新任務嗎？】

陸雲箏從自我懷疑中回過神道：「又有新任務啦？」

【宿主推廣馬鈴薯種植初見成效，是時候推行馬鈴薯食譜了。】

陸雲箏回道：「接！有其他的食譜嗎？」

【種植任務後續會有相對應的食譜推行任務。】

「好，那我先種菜。」

馬鈴薯食譜一拿到手，陸雲箏就迫不及待翻開來看，只見上頭圖文並茂，看得她都餓了，趕緊將白芷她們幾個召進來，一起研究一下做法。

千里之外，陸銘看著面前的幾位門生。

「商之大者，為國為民。以儒者之仁心經商，重守誠信，見利思義，富而好禮，兼濟天下。」陸銘素來和善帶笑的圓臉此刻莊嚴肅穆。「這是你們自己選的路，願你們此去能克己守禮，堅守本心。」

「學生們謹記先生教誨！」

「去吧。」

看著幾人堅毅挺拔、毅然前行的身影，陸銘閉了閉眼，壓下心底的不捨。這幾人若能出仕，都將是國之棟梁，如今竟願意捨棄自身前程，只為他畫下的藍圖。

陸銘遙遙看向京城的方向，久久不語。

又到了早朝的日子，天剛矇矇亮，大臣們陸續抵達殿外候著，時不時閒聊幾句。有大臣說道：「崔大人近來倒是勤勉。」頻繁入宮不說，連早朝都不裝病躲懶了。

崔鴻白撫了撫長鬚，嘆道：「沒法子，誰讓皇上得了本孤本，偏又不肯讓老夫帶回家去看，只得往宮裡多跑兩趟了。」

一旁的德親王起了好奇心，問道：「哦？是何孤本？」
「《製瞼法》。」
幾位大臣一臉疑惑，心想這是什麼東西？完全沒聽過。
德親王不滿道：「怎的不叫上本王？」
譚懷魯老神在在地說：「書就那麼一本，等我們看夠了，您再去找皇上。」
「不行！本王馬上就要看！」
曹國公抱著胸冷眼旁觀，他身邊的幾位大臣雖然也有心了解，但並未過去插話。天下孤本千千萬，不需要為了這一本惹曹國公不快。
另一頭的呂盛安則是冷笑兩聲。什麼孤本，怕是打著看孤本的幌子在謀算什麼吧。伊正賢就算了，譚懷魯和崔鴻白都是不見兔子不撒鷹的老狐狸，為了一本孤本成天進宮，誰信呢？
可宮裡的人回報說他們三人確實在看孤本，偶爾謝長風在場，也是在爭論書中內容。
罷了，等早朝過後，他也去瞧瞧便知。
不多時，有太監來宣，眾人整了整儀容，隨即魚貫入殿。

許是前陣子貪墨案鬧得太凶，如今大家算是安分，大部分的奏摺都由幾位輔佐大臣處理，除了進行中的秋收，其餘並無要事。

謝長風正要散朝，卻見兵部尚書顏克勛突然出列道：「眼下秋收的糧草已經陸續上繳，臣請奏，為邊關將士們送糧。」

第十六章　殺意湧現

崔鴻白微微瞇了瞇眼。這老頭，當初要他鬆口送糧死活不肯，這會兒倒是積極。

謝長風面不改色，溫和的目光投向為首的幾位輔佐大臣，問道：「眾卿以為如何？」

「臣附議。」

「臣附議……」

贊同的意見陸陸續續響起，最後，曹國公道：「臣附議。」

謝長風這才道：「准奏。」彷彿毫不明白這提議的背後意味著什麼。

大殿內隱約有微風吹起，似有暗流湧動。

譚懷魯抬了抬眼皮子，目光掠過高坐殿上的年輕帝王，腦中回想起昨日的對話——

「皇上就不怕被人偷學了去？」

「此法關係重大，若能製成，便是利國利民之大事，無須遮掩。朕既製不出，便讓能製出的人來，不論那人是誰，只要最終用之於民，在朕看來便值得。」

譚懷魯心想，這個國家沈寂了這麼久，終於要動起來了嗎？

怡心宮，陸雲箏正在小廚房裡指揮眾人照食譜做料理。

若沒有食譜，陸雲箏自然不知從何下手，因為她所知的很多調味料這個世界目前還沒有。可有了食譜就不一樣了，自認吃過無數美食的某人瞬間有了底氣，指揮起來有模有樣的。

在場的眾人對她皆是莫名信任，青黛與菘藍燒飯手藝一般，但武藝高強、刀工俐落，剁沒幾下，陸雲箏想要的細絲就出來了，粗細均勻、根根分明，哪怕用機器削也不過如此了。

陸雲箏看著灶臺上那分不清種類的調味料，默默問道：「系統，調味料任務什麼時候能接？」

【等宿主完成這批蔬果種植任務，後續出現的種植任務會有調味料作物。】

「那醬油、醋和酒之類的呢？」

【宿主只要多做任務，後續就會自動生成，或者宿主自行研發也可。】

陸雲箏翻了個白眼，心想：我要是能研發出來，還問你做什麼？

恢復記憶後，陸雲箏最懷念的其實是估狗大師與網拍平臺，真是只有你想不到，沒有找不到的。她不抱希望地問道：「系統，你能不能提供搜索功能？」

【宿主權限不足、積分不夠，無法開啟自動搜索功能。】

陸雲箏瞬間來了精神。「真的可以查嗎？」

【是的，只要宿主累計並消費足夠的積分，權限就能提升，開啟自動搜索。】

陸雲箏覺得自己又有新的奮鬥目標了，只要能自動搜索，那她想做什麼都行！

一上午的工夫沒有白費，幾個人最終整出一桌色香味俱全的馬鈴薯宴，為了這一桌，陸雲箏還偷偷將藏在系統儲藏空間裡的馬鈴薯拿出來用。

陸雲箏準備這桌料理是存了私心的，因為譚懷魯除了愛書，還好吃食。其實發現馬鈴薯到現在過了這麼久，譚懷魯肯定吃過了，但顯然不太可能嚐到多好吃的，今日就讓他嚐嚐鮮！

午時，謝長風派人來說中午留了十來位大人用膳，都是看了《製鹼法》後賴著不肯走的。

陸雲箏沒料到有這麼多人，不過她原本就準備了不少，嚐嚐滋味就行，不以餵飽他們為目標。

最後陸雲箏每樣菜都留了一點，其餘的差人送去讓謝長風與大臣們品嚐了。

呂盛安看了《製鹼法》的謄抄本，發現果真晦澀深奧，難怪能勾得那兩個老傢伙常往宮裡跑；再看看那些愛書如命的大臣，都已經挪不動腳步了。

親眼確認過之後，呂盛安這才稍稍放了心，只要不是謝長風又在暗地裡搞事就行，可呂靜嫻卻不這麼認為，只道：「事出反常必有妖。」

看著明顯瘦了一圈的女兒，呂盛安難免有些心疼，說道：「那書我也看了，並無不妥之處。」

「爹爹都讀不懂的書，世上又有多少？這本就是最大的不妥。」

呂盛安有些汗顏，心想妳爹我讀的書還真不夠多。

「爹爹莫不是忘了，皇上和陸雲箏去了一趟長臨觀，生出多少事端？」呂靜嫻雖然被困在鳳儀宮，但該知道的消息一個都沒落下。「長臨觀怎麼會突然出現一大片成熟的馬鈴薯？女兒雖不通農務，卻也知道野生的作物不會高產。」

呂盛安回道：「此事早已徹查過了，確是人為，但那侍衛和宮女等三人與皇上並無關聯，只是碰巧罷了。」

「女兒不信，世上哪有如此巧合之事？」

「此事已成定局，便是曹國公，也沒繼續追究了。」

呂靜嫻道：「陸雲箏自長臨觀回來，又是全新的衣裳首飾、又是白玉潔膚膏的，如今皇上還得了孤本？長臨觀當初早就被先帝上下翻了一遍，不知毀了多少有價值之物，這十年間少不得還會被那些個奴才淘幾輪，哪來這麼多好東西留給他們去尋？」

只見呂盛安嘆道：「大家何嘗不是心知肚明，但貴妃弄出來的都是些小玩意兒，皇上那孤本也不是什麼重要的東西，便是想要彈劾，也無從下手啊！

「君臣到底有別，皇上再忌憚我們又如何？他平日再溫順聽話又如何？若當真豁出去，誰又敢面對天威？妳舅舅就是前車之鑑，便是那曹延馬，後來不也沒能保住腦袋？」

呂靜嫻默然良久，才輕聲問道：「舅舅家的人還好嗎？」

「保住了命，狀況還行，但家產都沒了。倒是妳娘，眼睛哭傷了，我怕妳們見了面又得哭，沒讓她來。」

「娘一輩子沒受過委屈，這次的打擊委實大了些。」呂靜嫻擦了擦眼角道：「只要人在，將來總會東山再起。」

「我也是這麼說的，只要妳我不倒，咱們有得是機會。」呂盛安道：「妳娘其實也掛念妳，要不是見了妳的親筆信，她得一直跟我鬧。」

「這些日子爹爹都蒼老了，是女兒無用，幫不了您。」

呂盛安道：「說什麼糊塗話？妳被太后那般對待，我卻幫不上忙。說來，妳為何不讓我彈劾曹家？便是太后，也不能如此肆意妄為！」

搖了搖頭，呂靜嫻輕笑道：「若非女兒老老實實受了這一場委屈，煜太妃又豈會親自出馬與太后對上？」

父女倆說了好一會兒話，呂盛安便起身要離開了。

臨別時，呂靜嫻道：「爹爹，君臣雖有別，但也並非人人都是背信忘義之輩；飛鳥盡、良弓藏之事，也非人人都能做，舅舅他不會白死的。」

看著女兒平靜無波的眼眸，呂盛安下意識應了一聲，直到走出鳳儀宮，他的後背才漸漸竄起涼意。女兒她……這是打算動手了？

呂靜嫻不是沒看出自家爹爹的驚疑，但她沒有解釋。

如今的謝氏王朝千瘡百孔，早些年連番征伐，這兩年又是各種天災，百姓民不聊生，朝中奸佞當道，皇帝昏庸無能，這樣的王朝本就離傾頹不遠，取而代之又有何不可？

冰凍三尺非一日之寒，她也曾少女懷春，恨不能奉上自己的一切，奈何一片真心被人棄如敝屣。在得知舅舅陳崇亮死訊的那日，她的心就徹底死了。

想要得到一個人，有得是法子，何必拿自己的真情與全家人的前程性命去換呢？

呂靜嫻只恨自己醒悟得太遲！

早朝過後大臣們本該各自散去，可幾乎一半的人都留下了，只因對崔鴻白口中的孤本好奇得緊。

謝長風早有所料，直接命人將謄抄後的《製鹼法》分發與眾臣閱覽。

翻閱過書籍後，最先離開的是曹國公，隨即又有不少人跟著離去，最後不肯走的這十來位，都是愛書成癡抑或是對「鹼」心生好奇之人。

難道是曹國公、呂盛安不知這書中之法可能大有好處？自然不是，不過是覺得此法過於晦澀，不願鑽研罷了。更何況，他們有自信，不論是誰製出，終究少不了自己一杯羹，既有旁人操持，自己又何必勞心費神？

《製鹼法》內容深奧，然而在場者都是博覽群書之輩，再加上研究過幾日的譚懷魯、崔鴻白與伊正賢三人不藏私，不過半日工夫，竟讓他們論出了些許眉目。

謝長風一直坐在一旁謙遜地聆聽，偶爾會問個兩句，也都提到了點子上，倒讓這些大臣們對他的觀感好了幾分。到底是被陸銘教導長大的，並非當真那般平庸無為。

「朕已命人照書中所繪之圖製了幾套器皿，屆時諸位若有興趣，大可一試。」

眾人一聽，連連點頭道——

「理當如此！有其言，無其行，君子恥之。」

「既是製鹼之法，總歸要上手一試，方知深淺。」

謝長風微微一笑道：「朕欲在宮中獨闢一處專用於研究此法，諸位以為如何？」

「自是極好，皇上聖明！」

謝長風繼續笑道：「朕欲成立一小組專攻此法，不知諸位可有賢能舉薦？」

此話一出，屋內靜了片刻。眾人下意識看向譚懷魯和崔鴻白，只見兩人老神在在，再瞧一瞧那伊正賢，那匹夫竟在假裝看書！

這事有點燙手啊，若是應了，其中的意味不言而喻——相當於站到皇上那邊去了。

德親王張了張嘴，正要出聲替自家姪子挽一挽尊嚴，卻被謝長風打斷了。

「時辰不早了，諸位就在宮中用膳吧，貴妃今日親自下廚，為大家添了幾道小菜。」

聽到這話，大臣們頓時來了精神。陸銘可是個實打實的老饕，他的閨女也不遑多讓，能拿來添菜的，味道不會差。

謝長風也不多言，逕自宣人傳膳。

皇帝與大臣們共膳，都是分而食之，人手一份，公平公正。大臣們看著一碟碟色香味俱全的菜餚，不由得暗暗嚥了下口水，偏偏傳菜的侍女還站在一邊將每道菜的名字報了一遍，聽了讓人更想吃了。

待飯菜上齊，謝長風舉起筷子嚐了一口後，忍了許久的大臣們終於迫不及待拿起了筷子，直到宮人撤下碗筷，殿內這才又有了聲音。

「臣不知馬鈴薯竟還有如此做法！本以為清蒸、煮湯已是極鮮，卻不料還能更美味！」

「馬鈴薯泥入口即化，酸辣馬鈴薯絲酸麻開胃，馬鈴薯雞丁口感鮮嫩，炸薯條酥脆可口……」

「貴妃娘娘費心了。」

謝長風聽了一通馬屁，這才慢悠悠道：「朕打算年後全面推廣此作物。」

「確當如此！」

「味美、飽腹、高產，此等良種必廣而告之才好。」

謝長風話鋒一轉。「朕先前所提之事，亦是發自內心。朕深居宮中，孤陋寡聞，手下能人亦不多，《製鹼法》想要成功，得集結諸位之力才行！」

他的話音剛落，便有一道聲音慢悠悠地響起。「若在宮中鑽研此法，不知貴妃娘娘可否管飯？」

謝長風唇邊的笑意加深了。「朕立即著人去問。」

這個時間，陸雲箏也在用膳，雖說照食譜做出來的味道還不錯，但跟前世的美食依舊完全無法相比。酸辣馬鈴薯絲只有胡椒的麻和梅干的酸，到底不如使用醋與辣椒來得滋味鮮明。

謝長風派人來問話時，陸雲箏正想著是不是該去找釀酒的，看能不能弄出醋來，聽說那些大臣們對馬鈴薯料理讚不絕口，她笑而不語。

品嚐沒吃過的美食，會有這種反應算是在意料之中，更何況是照著系統出品的食譜做出來的，至少在這個世界裡算得上是獨一份的了。

問她能不能提供飯菜？當然能！科學研究人員的待遇若是不好，怎麼留得住人呢？

「問話的是譚大人？」陸雲箏問道。

「是。」

陸雲箏滿意地點頭說：「管飯！不僅管飯，若能成功製出鹼，可是利國利民之事，本宮願親自送食譜！」

得到這樣的回覆，一眾大臣們的眼睛瞬間亮了，謝長風的眸色則是沈了沈。

是夜，聽聞謝長風打算在宮裡組成小組專門研究《製鹼法》，陸雲箏拍手讚道：「如此甚好，不如就叫研究院吧？」

「研究院？」謝長風品了品，說道：「倒是貼切。」

陸雲箏道：「研究院不妨只招攬喜歡鑽研的人才，不拘出身或格局，只問人品與能力，不僅僅是研究《製鹼法》，將來有其他好東西，也都能交給研究院去開發。」

謝長風心下微動道：「妳是說特別設置一個部門，招攬各方面的人才？」

「對！不授予官職，只給予榮譽，此外福利要夠好，像是能買房買車、包吃包住包治病之類的。若能研究出成果，就大大地獎勵一番，無須勾心鬥角，不必汲汲營營，也無性命之憂，只要專心做自己擅長的事，就有希望出人頭地。」

謝長風細細思量過後方道：「甚好。」

陸雲箏不禁眉開眼笑。她沒想到謝長風居然會公開《製鹼法》讓大臣們一同鑽研，既然如此，乾脆乘機大舉招募人才，成果直接納入朝廷，再由朝廷出資辦廠。

雖然如今朝廷並非掌控在謝長風手裡，但大部分所得還是能收入國庫，剩下的就當是提前交給那幾家「存起來」了，畢竟這裡可沒有海外能轉移資產，只要抓到他們的小辮子，就能靠「抄家」這個手段把錢挖出來。

這麼一想，竟是個穩賺不賠的買賣！

瞧面前的人越笑越燦爛，謝長風不由得問道：「在想什麼？」

陸雲箏興奮地說出自己的想法，謝長風聽了以後哈哈大笑道：「確是如此，朕受教了！」

「皇上，設立研究院事關重大，院長一職很是重要，一來要能服眾，二來要有足夠的聲望，才能吸引人才加入。」

謝長風問道：「妳有何想法？」

「我覺得譚大人、崔大人都不錯，伊師兄也挺好的，當然，我爹爹若是在就更好啦！」陸雲箏掰完了手指頭，又道：「不過譚大人想致仕不是嗎，就先用這個吊著他吧，他今日好像對伙食還算滿意。」

此話一出，謝長風突然將她抱進懷裡壓到床上，開始秋後算帳。「管飯，還要親手送食譜？」

陸雲箏尚且沒意識到危機，猶自得意道：「對啊，您不都差人來問了嗎？可見我這一招是做對了，投其所好才能留住人啊！」

謝長風捏住她小巧的下巴，拇指摩挲著滑嫩的肌膚道：「如此美味妳竟不是做給朕吃的，嗯？」

這個鍋陸雲箏不接。「就是做給您吃的，不然我豈會親自下廚？」

「不是為了投某人所好？」

陸雲箏終於後知後覺地察覺到了不對勁。「當然是投我的夫君所好呀！」

「朕不信。」

陸雲箏一臉冤屈地說：「我把外頭的人叫進來，您親自問去！」

「朕要聽妳親口說！」

「我昨晚才拿到食譜，今日就做了一大桌，正盼著您來呢，結果您就冷冰冰地讓人來傳話。」陸雲箏越演越來勁。「可憐我獨守空閨，您非但不憐惜，這會兒還怪我！」

謝長風低頭啄了琢陸雲箏的紅唇，嗓音低得她身體發麻。「讓愛妃獨守空閨是朕的不是，朕得好好補償才行。」

窗外夜正濃，屋內春色無邊。

守在門外的白芷和菘藍聽著自家主子嬌軟的聲音，耳根都紅了，便是經歷再多次，也還是羞得人抬不起頭……

第十七章　廣納人才

陸雲箏不明白，為何好端端的「有事說事」，到最後總成了「深入交流」，而且每每吃虧的都是她。

「吃虧？難道不是享受？瞧妳這副被滋潤後的水嫩模樣，姊姊都忍不住要羨慕了。」

陸雲箏的俏臉頓時紅了個透。在她們沒有密切交流的十年間到底發生了什麼事，使原本柔順賢淑的長公主變得如此豪放不羈？

謝敏哪裡看不出她心中所想？既然在意的人一個個離去，她又何必循規蹈矩、自我束縛？自由自在、隨心所欲地生活，那是試過一次便會上癮的滋味。

「姊姊今日怎麼來了？不是說這兩日要去莊子上嗎？」

謝敏擺擺手道：「牙刷和牙膏賣不成了，方子被外洩，怪我御下無方。」

她早該知道，經過白玉潔膚膏和禮服大賣，肯定會有人盯著她，卻沒想到身邊的人如此輕易就被收買，得知她要銷售牙膏，便迫不及待用高價賣出了方子。

許是她這些年太過豁達，所以給了別人錯覺，覺得即便做錯事，只要裝得可憐一些，便不會被追究，真是可笑至極！

「姊姊無須自責，只是暫時賣不了罷了，皇上已經差人研製鹼，一旦成功，就能輕鬆製出牙膏了。」

謝敏臉上多了點笑意，道：「我倒是聽聞了此事，《製鹼法》竟是用來做牙膏的？」

「那倒不是，鹼的用處可多了，牙膏只是其中一種。」陸雲箏勸道：「所以姊姊不必煩惱，將來能賣的東西多著呢。」

謝敏點頭道：「那姊姊就等著了！」

研究院的設立比預想中順利許多，許是因為研究院未立官銜，雖設在宮中，卻不在朝堂之內，只做研究，無權插手其他事務；人員月俸皆由謝長風私庫支出，但得到的成果卻可共享。

曹國公和呂盛安對視了一眼，均從對方眼中看出了一絲困惑——皇上此舉所欲為何？

當時的曹國公與呂盛安等人還不明白，有的研究成果人人見而知之，有的研究成果，哪怕是做出來的人，都未必曉得如何運用。

提案通過以後，譚懷魯兼任研究院院長，崔鴻白和德親王為副院長，目前針對兩本書設立研究項目，其一為《製鹼法》，研究成員尚未確定；其二為《青黴素提取法》，由陸北玄帶領，其下目前只有一人，亟需新成員加入。

就在當日，謝長風擬定聖旨，在城外張貼皇榜，廣招有專長之人。

依照陸雲箏的意思，馬鈴薯種植和大白豬養殖都能讓研究院負責，但崔鴻白及戶部已經掌握了馬鈴薯種植技術，至於大白豬的飼養者目前都是太監與宮女，這個想法只能暫且作罷。來日方長，之後再慢慢增添項目吧。

研究院不設官職，目前公務不繁忙的官員可以兼任，但做出成果之前沒有月俸，這是為了防止有人混雙份銀錢。況且想進入研究院，得通過院長、副院長的考核，並非自稱有能力就進得去。

事情算是安排妥當了，可是身兼要職的三位大人情況卻差很多——譚懷魯這個宰相本就忙碌，如今稱得上是焦頭爛額；崔鴻白則是游刃有餘，畢竟他平日慣會躲懶，戶部做實事的人也比較多；至於德親王，他那位置本就是個閒差，如今替自己姪子辦事，那叫一個認真。

呂靜嫻聽聞此事後，差人遞話給呂盛安，要他務必送些對呂家忠誠且有真才實學的人進研究院，最好是呂家嫡系。

其實不必她說，呂盛安也早有安排，但是送自家嫡系進去？那可是要準備春闈出仕的苗子啊！不過他這個女兒自幼便有主意，呂盛安在與老太爺商量了小半宿之後，決定聽從呂靜嫻的建議。

除了呂家，其他家也心思浮動，各自準備了合適的人選想塞進研究院，以便來個近水樓臺先得月。

研究院的建設火熱展開，陸雲箏也沒閒著，只因謝長風為她尋來了菜籽，一旦成功榨出油，就不必非得等到豬養肥才能做肥皂了。

系統的任務指導非常詳細，步驟也很繁瑣，但陸雲箏不怕，打定主意耐心嘗試。菜籽都是精選過的，雜質早在裝罈之前就已清理乾淨，這幾日天公作美，幾個侍女帶著其他宮女、太監們將菜籽曬了幾輪，今天便要炒製。

「真的不用朕安排人來弄？」謝長風也看過步驟，心想這活兒可不輕巧。

陸雲箏果斷拒絕。「沒問題的，就算我不行，這裡還有那麼多人呢！」

謝長風失笑道：「都依妳，朕先去研究院瞧瞧，那些方程式似乎有了眉目。」

陸雲箏點了點頭。只恨自己早已大學畢業，又穿越過來多年，初、高中唸的那點化學早就還給老師了，不然哪裡需要折騰這麼久。

【宿主是文科，化學知識並不充足。】

面對系統射來的一記冷箭，陸雲箏又是一陣無語。

炒菜籽是件辛苦差事，仗著有系統幫忙，陸雲箏命人在院子裡架了幾口大鍋，準備讓人同時炒製。

說到這鐵鍋，還是陸雲箏恢復記憶後特地命人製成的，在此之前，她吃的大都是蒸煮類的食物。這個時代鐵的冶煉工藝很落後，產量極低，百姓也不能隨便使用。等鹼製出來之後，陸雲箏想再跟系統商量一下，看能不能拗到冶鐵技術的白皮書。

第一個動手的是白芷，瞧她圓圓的臉蛋一本正經，陸雲箏忍不住笑道：「別緊張，妳只管翻炒，好了本宮會告訴妳的。」

院子裡動靜這麼大，饒是一直窩在偏殿的曹玥清都被勾起了好奇心，不由得問了一句。「貴妃娘娘這是在做什麼？」

「貴妃娘娘得了一古方，想試試看能不能榨出油來，貴妃娘娘吩咐過了，娘娘若想看，可去旁觀。」回話的侍女語氣帶著滿滿的躍躍欲試，若是娘娘願意，那她就能跟去瞧瞧啦！

榨油？曹玥清思量片刻，終究放下手中的書，起身走了出去。

若說這一世有什麼大不相同之處，便是貴妃娘娘了吧？上一世的貴妃娘娘也是這般溫柔良善，被皇上捧在手心寵著，卻未失足落水，也未去長臨觀，繼而得知馬鈴薯的存在；也不曾夢到仙境，製出許多新奇的東西。

怡心宮的建築不算龐大，庭院卻不小，院子裡昔日種滿奇花異草，如今那些東西被拔了大半，其中一塊地種上不知名的蔬菜瓜果，剩下大片空地如今擺滿了各種不該出現在這裡的東西。

曹玥清來的時候，幾個臨時搭建的灶臺都已生起了火，每個大鐵鍋前都站了一、兩個人，正揮舞著鏟子翻炒，其中一個小巧纖細的身影來回穿梭，間或說上一、兩句話，惹得眾人輕笑，那不經意間的回首、抬眸，可謂美目盼兮、巧笑倩兮。

如此純真美好，教曹玥清都生不出嫉恨之心。

見到曹玥清來了，陸雲箏笑著朝她招招手道：「難得見妳出門。」

曹玥清快步走過去，如實道：「聽聞娘娘在榨油，心中委實好奇，忍不住前來一探。」

「那妳且看著，如今秋高氣爽，多出來走動走動才好，小小年紀別整日悶在房裡。」

曹玥清應了一聲，也不提醒陸雲箏，自己似乎就小了她一歲而已。「娘娘，這是何物？聞起來好香。」

陸雲箏笑道：「是菜籽，油就是從裡面榨出來的，這還不算香，後面有更香的呢！」

言罷，她像是想起什麼，轉身快步走到白芷身旁，仔細瞧了瞧她鍋裡的菜籽，說道：「好，妳這個可以起鍋了。」

炒好的菜籽被提到旁邊的石磨上，等著被碾磨成細細的粉末，那裡早有身強力壯的護衛們摩拳擦掌候著。

另一邊，趁著碾磨的工夫，幾口大鐵鍋被撤下，換上了大蒸籠，準備將碾磨好的菜籽放進籠子蒸。

全程每個環節，陸雲箏都是透過系統指導給予指示，否則這些步驟環環相扣，哪樣做不好都會影響最終的出油率，甚至可能不出油。

這正是陸雲箏未假手他人的原因。菜籽數量有限，不能隨意浪費，只要她動手做，自會有人詳細記錄一切，方便下次製作。況且，依照系統的慣例，只要她成功一次，有很大的機率會出現榨油指南。

粉末狀的菜籽足足要蒸一、兩個時辰，陸雲箏終於能歇一會兒，其他宮女與護衛們卻不捨得走，圍在那裡繼續看。

曹玥清親自沏了壺茶道：「娘娘辛苦了。」

陸雲箏抿了口茶，歪倒在命人搬來的榻上，懶洋洋道：「確實有些累了。」

曹玥清道：「臣妾替娘娘搥搥可好？」

陸雲箏擺擺手道：「不必，妳陪本宮說說話便是。」

曹玥輕便乖乖坐著應道：「是。」

「除了讀書，妳還喜歡做什麼事？」

曹玥清想了想才道：「不瞞娘娘，臣妾並無特別喜好，小時候在府中，但凡喜歡的，都會被人搶走毀掉，久而久之，便對外物無所求了。」

這話倒不是為了賣慘，而是事實，何況面前之人早就知道了。

陸雲箏嘆道：「那妳可有擅長之事？」

「為了讓臣妾入宮，曹家曾讓臣妾學習彈琴與跳舞，不過都是略通皮毛罷了。」

陸雲箏笑道：「本宮倒不曾見過妳的舞姿，可喜歡跳舞？」

曹玥清如實道：「算不上喜歡，但跳舞與排舞都需一心一意，是以顧不上別的，倒也少些煩惱。」

陸雲箏了然地回道：「那妳願不願跳給本宮看看？」

「娘娘想看？」

陸雲箏頷首道：「妳想跳嗎？」

曹玥清笑道：「娘娘若想看，臣妾便想跳。」

陸雲箏覺得曹玥清甚是惹人憐惜，想為她尋點事做，好過整日足不出戶。她實在不願看著她無所事事被困在宮中一輩子，這樣性子沈穩又漂亮的姑娘，應該擁有更美好的人生。

等到曹玥清翩然舞動起來，陸雲箏才知道她可真是謙虛，這何止是略通皮毛，簡直太優美了！饒是沒有配樂都讓人如此著迷，若有合適的伴奏，再換身漂亮的衣裳，該是何等風采？

曹玥清舞畢，氣息略微有些不穩，她正要說話，卻在瞧見一道明黃色的身影之後猛然跪下，俯首在地。

陸雲箏轉過頭，這才發現謝長風不知何時過來了，身後還跟著對曹玥清怒目瞪視的白芷，以及其他三個侍女。

「皇上怎的來了？」

謝長風這才走上前道：「本打算來看看油榨得如何了，見妳正在躲懶欣賞舞姿，便沒打擾妳。」

跪在地上的曹玥清聞言，身軀輕輕顫了一下。

陸雲箏看在眼裡，不禁扯了扯謝長風的衣袖道：「您嚇到她了。」

謝長風這才道：「起來吧。」

曹玥清磕了個頭才起身，頭垂得低低的，不敢有多餘的動作。

陸雲箏見她實在怕得厲害，便柔聲勸道：「妳且先回去歇著吧。」

曹玥清忙不迭地行禮退下，經過白芷幾人身邊的時候，還聽到了一聲輕哼，不用抬頭也明白原因為何，她心中不免一陣苦澀。

等人走遠，陸雲箏與謝長風單獨進到房裡，這才嗔道：「皇上不喜她嗎？」

「她姓曹。」謝長風淡淡道。

陸雲箏嘆了一聲道：「曹家不全然是壞人，她也挺可憐的。再說了，當日若非她及時通風報信，我未必能及時救下您！」

謝長風知道陸雲箏心軟，也不與她爭辯。「妳既憐惜她，那麼只要她願意，朕可送她出宮，不說安穩一生，至少能保她衣食無憂。」

陸雲箏下意識地想起曹玥清那天夜裡的哭聲，莫名覺得她或許並不甘心就這麼離宮，否則在長臨觀時大有機會離開。

「妳不應，想來也知曉她的心思，那又何必與她走這麼近？」

陸雲箏無話可說，半晌後鼓了鼓腮幫子，躺回貴妃榻上，不理人了。

謝長風一時哭笑不得，跟著側躺上去，將她攬進懷裡道：「那曹美人的舞姿甚美，妳不擔心朕被勾走了魂，還同朕生氣，這是什麼道理？嗯？」

陸雲箏回頭瞪他一眼道：「您又要無理取鬧了是不是？」

「朕無理取鬧？妳沒瞧見白芷剛剛的眼神？好似在看狐狸精，也就妳這傻丫頭毫無芥蒂，若是換了個多情帝王，妳這會兒指不定在哭呢。」

陸雲箏道：「若是換了旁人，我才不會入宮當貴妃呢！」

謝長風先是一頓，隨即滿懷愧疚地說：「是朕委屈了妳。」

陸雲箏最受不了的就是這個，當即翻了個身，撞進謝長風胸前道：「好了好了，我不生氣，莫要再說了！」

頭埋進謝長風胸前的陸雲箏沒看到他唇角溢出的得逞笑意，靠著靠著竟睡過去了。

謝長風就這麼側著身子，任由她在自己懷裡沈睡。

被系統叫醒後，陸雲箏急忙趕到院子裡繼續指揮榨油，將蒸好的菜籽用油繩綁成圓柱體，再用大木槌慢慢使力，一點一點壓結實。這道工序折騰了許久，才弄出系統滿意的成品。

謝長風看得頗有興致，還將先前的紀錄仔細翻閱了一番。

油坨包好後，放進帶了一條凹槽的大石坑裡，進行最關鍵的一道工序——捶打出油。因所需力道大，手也要穩，被選中的都是護衛之中的好手，幾日前就開始練習了，這會兒動手也不心虛。

聽著那一聲聲沈悶且規律的捶打聲，陸雲箏眼睛眨也不眨地盯著大石坑，直到瞧見凹槽裡流出了黃色的透明液體，她便歡喜地喊了一聲。「成了！」

謝長風笑著說道：「這就是菜籽油？」

陸雲箏對於自己一次就成功製出菜籽油十分驚喜，眉開眼笑道：「對，這就是菜籽油，稍微加工就能食用，比豬油脂熬出的油對身體更好。」

等油冷卻到常溫以後，陸雲箏取出其中一小部分，剩下大部分按照系統提示的比例加入乾淨的水和鹽，進行水化、脫磷、脫脂、脫膠，去除當中不利健康的成分。

「這就成了？」謝長風問道。

陸雲箏點頭道：「先取一些，咱們試試味道，餘下的等一個月後再食用更好。」

謝長風點了點頭。

當晚，怡心宮眾人都嚐到了用菜籽油炒製的菜，只覺得香氣格外誘人，便是謝長風，也覺得氣味不錯。

陸雲箏道：「菜籽油對身體好，適合炒菜，且成本低廉，普通百姓也吃得起。」

謝長風頷首道：「農耕之事還是戶部更為精通，明日朕與會崔大人商議，看明年春耕能否多種一些。」

「那倒也是。」

是夜，陸雲箏睡下之後，謝長風起身出了門。

守在門外的白芷瞪圓了眼，不顧尊卑脫口問道：「皇上這是要去哪兒?!」

一旁的青黛怎麼樣都拉不住她，只得扯著她一同跪下。

謝長風倒是不惱，甚至還回了一句。「朕去曹美人那邊一趟。」

第十八章 一搭一唱

白芷簡直要瘋了，她說過什麼來著？就不該把那個女人留在怡心宮！看看，這才過了多久，狐狸尾巴藏不住了吧，竟真的把皇上給勾過去了！自家主子實在太過天真了，怎麼那麼傻啊！

青黛倒是覺得白芷隨主，想法也挺單純的。皇上明顯不是被勾走了魂，而是怕貴妃娘娘被迷了個神魂顛倒，今日她看曹美人跳舞都快看呆了，皇上的臉色可不太好看。

拚死按住了想去叫醒陸雲箏的白芷，青黛壓低聲音道：「妳忘了娘娘說過的話？男人若是想要走，誰都拉不住，越拉跑得越快！」

此刻，怡心宮偏殿裡，曹玥清跪在地上，瑟瑟發抖。

「朕給妳兩條路，其一，詐死離宮，朕保妳一生衣食無憂；其二，去煜太妃那裡，讓她教妳報仇。」

良久後，曹玥清輕聲問道：「臣妾如何能見到太妃娘娘？」

「朕今夜『寵幸』了妳，明日煜太妃會親自來帶妳走。」

曹玥清閉了閉眼道：「臣妾謝皇上隆恩。」

謝長風思及陸雲箏白日裡的神情，終是加了一句。「貴妃很憐惜妳，想必不願看妳為了報仇不擇手段。」

「娘娘的恩德，臣妾今生無以為報，但殺母之仇，不共戴天！」

第二日一早，陸雲箏睜開眼便瞧見白芷一臉悲切，不由得問道：「怎麼了？」

白芷終究忍不住「哇」的一聲大哭道：「娘娘……皇上昨夜臨幸了曹美人！」

陸雲箏一愣，有些不明白這是怎麼回事。

「昨夜娘娘睡著了以後，皇上就……就去了曹美人那裡，過了好一會兒才回來的！」白芷哭得肝腸寸斷道：「娘娘，如今宮裡都傳遍了，說您要失寵了！」

陸雲箏起床氣都還沒過，這會兒被哭得有點暈，只道：「這其中定有誤會，先別急著哭。」

「能有什麼誤會？奴婢斗膽問過了，親眼瞧見皇上過去的！」

陸雲箏看向一旁的玉竹，問道：「皇上現在何處？」

「今日有早朝，天還未亮，皇上就走了。」玉竹說完，又道：「皇上早上是從娘娘房裡出來的。」

陸雲箏點頭道：「那曹美人呢？」

「太妃娘娘一早突然過來，說聽到宮裡的傳言，擔心娘娘見了曹美人以後心裡難過，就把人給帶走了，也不讓奴婢們驚擾娘娘。」

陸雲箏心想，她不過就是睡了一覺，怎麼感覺後宮裡跟變了個天一樣？

白芷哭道：「娘娘您怎麼一點都不著急呀?!」

陸雲箏無奈地扶額道：「皇上不會臨幸她的，等本宮見過皇上就知道了，妳先收著點眼淚，等本宮真的失寵了，妳再哭也不遲。」

白芷都快愁死了，自家主子的心怎麼這麼寬啊！

誰知陸雲箏沒等到謝長風，倒是等來了長公主。「姊姊今日怎麼來了？」

謝敏細細端詳了一下陸雲箏的臉色，才道：「我聽聞皇上寵幸了一個美人，便趕著入宮來瞧瞧，不過見妳這模樣，似乎另有隱情？」

陸雲箏老實地搖搖頭道：「我今日醒來後尚未見到皇上，曹美人也一早就讓母妃接走了，我正一頭霧水呢。」

謝敏看著陸雲箏，猶豫道：「若只是謠傳，太妃她不至於親自來這一趟吧？」

陸雲箏卻笑道：「正是母妃親自來了一趟，才教我意外呢。」

「怎麼說？」

陸雲箏摩挲著手裡的茶杯，緩緩道：「姊姊，我這怡心宮，不說鐵桶一個，至少昨夜發生的事，不至於一夜不到的工夫便都傳到宮外去了。皇上若當真臨幸了她，這會兒誰都不會知道的。」

謝敏瞬間安了心，拍了拍胸口道：「一大早的，把我嚇得連早膳都沒用，就急匆匆趕來宮裡了。」

陸雲箏失笑，趕忙差人上了些吃食。

謝敏用過膳後問道：「聽聞妳昨日在宮裡搗鼓東西，可製成了？」

陸雲箏道：「昨日製成了菜籽油，不過要等一個月後才能吃，到時給姊姊送一點嚐嚐鮮。」

一聽是食用油，謝敏頓時有些意興闌珊。

陸雲箏見狀，笑道：「姊姊不是想要找好東西來賣嗎？這菜籽油不就是現成的買賣？它比現有的油脂更健康、更醇香，大家若是知道其中的好處，會不會爭相購買？」

謝敏立刻來了精神。「那自是要買的！」

「此製油法成本低廉，皇上已決定同戶部商議明年推廣種植油菜花，繼而發揚菜籽油的製造法，但至少到明年秋季，這法子都在我手裡攢著的。」

謝敏笑道：「有一年的時間呢，夠咱們賺個盆滿缽滿了。」

「便是一年後，咱們也照樣能賣，只是獲利少點罷了。」陸雲箏微笑道：「不過眼下種植油菜花的人少，還需姊姊派人多收購些菜籽才行。」

「此事包在我身上！」

「皇上臨幸了曹美人？」

「回娘娘的話，宮中都是這般傳言的，煜太妃一早便帶走曹美人，甚至未驚動貴妃娘娘。」回話的宮女想了想，又道：「昨日曹美人在貴妃娘娘面前一舞動人心，卻不知皇上突然駕臨，聽聞皇上當場就看呆了。」

一舞動人心，呵！憑曹美人的臉蛋與身段，若是善舞，確實勾人得緊，畢竟陸雲箏從不跳舞。

呂靜嫻閉了閉眼，壓下心中瞬間翻滾而出的諸多情緒，問道：「貴妃什麼反應？」

「貴妃娘娘自醒來至今，未曾出門半步，她身邊的白芷眼圈一直是紅的，其他三位姊姊臉色也不太好看。」

呂靜嫻靜靜看向窗外，良久後輕嗤一聲。她真的，很想去看看陸雲箏此刻的模樣。

九南縣自從縣令韋元朗人在家中坐、喜從天上來，突然被皇帝提拔為陵州知府後，九南縣就沒有縣太爺了，平日諸多事宜都由師爺暫代，若有不決之事，便去問問已是一州知府的韋元朗。

近日，縣城裡來了個斯文俊俏的白面書生，他先是在縣城購置了一間三進三出的大宅子，還一併購入周圍好幾間兩進的宅子，又買下另一條街的五間相鄰鋪子，甚至收購了一家經營不善的酒樓，隨後又大張旗鼓在城外購買大量良田，還有意購入家禽。

這可驚動了忙碌的師爺，聽了匯報後，他隨手撥了撥算盤珠子，頓時覺得這事得向韋大人稟報，總不能讓九南縣在他手裡出了亂子不是？

韋元朗的回信很快，信上說讓他買，買得多，再給他點方便，不過有但書。開店要請夥計吧？墾地要請長短工吧？這些人得在九南縣招，若是不夠，也要在陵州招，不能全部從外地帶人來。

師爺頓時眼睛一亮，這主意好啊！

幾乎在同一時間，有五、六處縣城都發生了類似的事情，而各地縣太爺的處理方式竟也雷同。

若是有人看了全國地圖，就會發現，這些人置產的地方雖然都是不起眼的小縣城，卻都毗鄰交通樞紐之地，有的地理位置甚至更好，只是出於種種原因被擠壓了生存空間，導致貧困落後。

其實這幾處是謝長風與陸銘、孔戟書信往來多次後挑選的，一為試驗陸雲箏的建議是否可行，二來也是為將來做準備。

「老奴去的時候，娘娘同長公主殿下相談甚歡。」謝長風的乳母說道。

謝長風問道：「沒說旁的？」

「娘娘讓老奴轉告皇上，皇上有正事要忙，不必管她。」

半晌後，謝長風輕笑了一聲，心道：這小沒良心的！

今日早朝上，伊正賢尋了個理由訓了他一頓，要說不是為了陸雲箏出氣，謝長風是萬萬不信的，御史大夫這職位可真被伊正賢運用到了極致，偏生他還不能說什麼。

許是因為伊正賢開場一陣訓，之後討論起事情來還算平和，一些事大多三言兩語便敲定了，唯獨送糧給孔戟的人，大家互相推諉了一番，最後還是定下了。謝長風依舊擺出凡事由大臣們商討的謙和姿態，好似結果如何全然與他無關，也不知道孔戟私下屯田一般。

曹國公的目光帶了幾分深究，他如今是越來越看不透這位年輕的帝王了。

早朝後，眾大臣散去，謝長風本欲先去趟怡心宮，誰知卻被絆住了腳。「崔大人是說鹼製出來了？」

崔鴻白笑道：「幸不辱命，昨夜僥倖製出來了。」

伊正賢冷哼一聲道：「原本想連夜稟報皇上這個好消息，誰知皇上『深夜繁忙』，只得作罷。」

謝長風哭笑不得，不過他倒是不冤，不管是誰，正高興的時候被兜頭一盆冷水澆下來，都得來氣，誰讓人家是陸銘的親傳大弟子，看著陸雲箏長大的呢？

譚懷魯老神在在地說：「聽聞貴妃娘娘昨日製成了好東西，午時莫要忘了。」

崔鴻白撫了撫長鬚，看熱鬧不嫌事大。「譚大人怕是要失望嘍，貴妃娘娘今日未必有心思琢磨吃食。」

伊正賢又是一聲冷哼。

被這般打趣擠兌，謝長風也不惱，若非他們領著人一門心思鑽研，這鹼怕是還製不出來。

製成的鹼是白色顆粒狀，像是精製過後的細鹽，嚐之生澀，略帶苦味。

雖說東西製出來了，但眾人其實並不明白有何作用，《製鹼法》上也沒寫，所以他們才請來謝長風，看他是否知曉，或有沒有其他孤本能說明。

謝長風答道：「朕也不知。」

崔鴻白意味深長道：「不如皇上去問問貴妃娘娘？」

謝長風從善如流地說：「那朕先走一步。」

卻見譚懷魯站在門邊，有些刻意擋路，還道：「午時了。」

謝長風一時無語。食物對吃貨來說果然是最重要的……

等陸雲箏見到謝長風時，已經是午後的事了，她也不開口，只投去一個詢問的眼神。

謝長風回道：「朕沒有。」

「我知道，但皇上為何非要逼她走呢？」

「是她自己選的。」

陸雲箏嘆了口氣，輕聲道：「曹家遲早要敗，何必非要讓一個無辜的丫頭攪和進去？」

謝長風伸手去攬她道：「那也是她自己選的。」

陸雲箏側過身子，躲過了他的擁抱，惹得謝長風眉頭一挑。

「宮裡宮外都在傳聞貴妃要失寵了，皇上，戲可要演全套才行！」

「嗯？」

陸雲箏道：「皇后這些日子安分得有些過頭了，被太后冤枉軟禁在宮中是如此，母妃替她洗清冤屈之後也沒變。這不同於她以往的行事風格，我總有些心慌。」

「那與妳失寵又有何干？」

「她一直愛慕著皇上呀！若知道您臨幸了曹美人，不再專寵我，定是坐不住的。」

陸雲箏道：「只要她有所行動，自然會露出破綻。」

謝長風眉頭微蹙道：「妳怎知她不是自認無望才安分下來的？」

陸雲箏搖頭道：「您不了解她的執著。」

謝長風並不想繼續這個話題，離京前呂靜嫻下藥的舉動徹底惹怒了他，他遲早要廢后，不只呂靜嫻，整個呂家他都不會放過，但這些事他不願拿來污了陸雲箏的耳朵。

「鹼製出來了。」謝長風將裝了鹼的木匣推到陸雲箏面前道：「能做出什麼好東西？」

陸雲箏果然不再去想呂靜嫻的事，連忙詢問系統這是不是純鹼，系統直接給了她一條製鹼任務完成的提示，緊接著又打開商城，讓她自己去看最下面新生成的兩件商品。

一看積分剛好足夠，陸雲箏果斷兌換了兩本白皮書，滿臉欣喜道：「皇上，咱們這回真要發財啦！」

牙膏和玻璃，這兩樣都是原料夠多、市場足夠大的好東西啊！

謝長風失笑道：「好。」

自從答應陸雲箏要盡力一試，他便開始布局。陸銘挑選的幾位學生已經在各地大張旗鼓地購置產業，這一擲千金的行事手法，也是為之後的招賢鋪路。

這些日子以來，銀兩如流水般從他的私庫裡淌出去，真是，皇帝家也沒那麼多餘糧啊……

如此看來，想實現三院普及天下的願望，所需銀兩當真不知凡幾，可到了此刻，謝長風竟莫名燃起了一股鬥志，想試試能不能在自己手上達成這個願景。

陸雲箏將剛兌換出來、還沒捂熱的《玻璃製作工藝》遞給謝長風道：「玻璃用途多，但目前最實用的就是裝在窗戶上，這樣一來，就算是颳風下雨，也不必掀開窗戶就能看到屋外的景致了。」

謝長風翻開看了幾頁，便理解了陸雲箏的意思。這玻璃瞧著與琉璃相似，但比琉璃更為通透，若做得成功，竟似不存在一般，此等好物確實適合裝在窗戶上。

「皇上，事不宜遲，快去安排人製作吧！」陸雲箏把人往外趕。「這陣子就先別來我這裡了，多去母妃那邊坐坐。」

謝長風無奈道：「妳真不怕朕看上了旁人？」

陸雲箏噘嘴佯怒道：「您若敢，我就離宮去找我爹爹，然後悶聲賺錢，再也不理您啦！」

謝長風不禁抱住陸雲箏，在她唇上用力親了兩下道：「妳敢?!」

「您敢我就敢！」

「好好好，是朕錯了，朕哪敢？」

兩人又拌了幾句嘴，謝長風終於被推出了門。

守在外面的宮女與太監們只聽到「砰」的一聲響，片刻後就見謝長風沈著臉大步走了出來，身後也不見貴妃娘娘，一時間眾人噤若寒蟬，看著謝長風憤而離去。

至此，貴妃娘娘恃寵而驕、惹怒天子的消息，隨著秋風吹遍了京城。

曹玥清有些遲疑地說道：「貴妃娘娘她……當真因為臣妾惹了皇上不快嗎？」

煜太妃淡淡掃了她一眼說：「這就心軟了？那也不必想著報仇了，趁早去箏兒跟前認錯吧。」

曹玥清咬了咬唇道：「臣妾沒有回頭路了，只是感念貴妃娘娘的好。」

「妳如今既想要復仇，就只能踩著她的痛處上位。」

曹玥清的眼底閃過一絲痛楚和掙扎。陸雲箏對她的好，乍一提說不上來，卻又在細微末枝處皆可見，除了娘親，從未有人對她這般好過，她當真不願意傷害她。

煜太妃泡茶的動作沒停，只偶爾掃面前的人一眼，看著她的目光從猶豫到堅定，這才慢悠悠倒了杯茶放過去道：「在後宮，感情是最無用的羈絆。妳的性子若是不變，即便服下假孕的丹藥，也不過是生子的工具罷了，想要太后為了妳捨棄曹昭儀，總要有些不一樣的價值才行。明日向太后請安時，本宮會陪妳一道過去，早些睡吧。」

「娘娘放心，奴婢一定把您打扮得美美的，絕對讓那曹美人自慚形穢！」

陸雲箏不禁失笑。白芷似乎認定曹玥清不安好心，雖然勉強相信自家主子跟皇上情比金堅，但依然很是厭惡曹玥清。

「衣服和髮髻可以美一點，但妝容上要收著些，最好是美中透出一點憔悴。」

「娘娘可一點都不憔悴！」白芷不樂意了。

玉竹見狀上前一步，細聲細氣道：「今日就讓奴婢為娘娘上妝吧。」

瞧白芷氣鼓鼓地退到一邊，陸雲箏搖了搖頭。這孩子就是欠缺教訓，若是在宮鬥劇裡，換成其他主子，怕是活不過三集吧……

第十九章　復仇之路

這一日請安，四個貼身伺候陸雲箏的人都跟著，連宮女、太監也帶了不少，浩浩蕩蕩一隊人馬行走在宮牆裡，氣勢十足。

瞧見她這排場，饒是淡定從容的呂靜嫻都略微挑了挑眉，眼底閃過一絲莫名的情緒。「既然都來齊了，走吧。」

結束軟禁後，呂靜嫻已能出外走動，履行皇后的義務。聽她發號施令，一行人便朝著仁壽宮而去。

呂靜嫻打量了陸雲箏一圈，笑道：「妹妹今日，倒是與往常有些不一樣。」

陸雲箏也笑道：「臣妾倒覺得皇后娘娘與往日也有些不同呢。」

兩人相視片刻後，齊齊轉過頭，不再交談。

跟在後面的妃嬪們垂首默不作聲，唯有曹琬心抬起頭，暗暗掐緊了手心。有朝一日，她也要高高在上！

自從桂嬤嬤自戕後，太后的精神一直都不太好，還在床上躺了一些時日，只是消息都被壓下去了，是以並未傳開。

今日太后依舊有些無精打采，瞧見陸雲箏時也沒了平日的熱絡，只含笑招呼了兩句便作罷。

閒話幾句以後，太后似乎就沒了說話的興致，呂靜嫻便開始匯報這些日子發生的事，不過後宮人少，妃嬪們又安分，要說的也沒什麼。

眼看太后就要讓大家回去了，卻聽到一聲通傳，說是煜太妃和曹美人覲見。殿內所有人都下意識地挺了挺身子，目光或明或暗地掃向陸雲箏。

只見陸雲箏不動如山，像是什麼都沒聽見一般，慢悠悠擱下手中的茶盞，發生一聲極輕的脆響。

至於太后，神色倒是有點晦暗。

很快的，煜太妃就領著曹玥清進來了，殿內眾人只覺眼前忽然一亮。

煜太妃本就是個美人，只是這些年深居簡出，鮮少出現在大眾視線中，然而歲月從不敗美人，今日她站在這裡，竟讓人覺得氣度不遜於太后。

跟在她身後的曹玥清，昔日總是恭順怯弱，衣裳也以淡雅色調為主，今日卻穿著一身大紅石榴裙，下巴微揚，顯得嬌豔動人，如盛開牡丹，誇一句天姿國色也不為過。

曹琬心緊緊咬著唇。她就知道……她就知道會這樣！這個賤人！她的娘親當年就是這樣勾走了她爹的全部心神，現在她又搶走了她的男人！

陸雲箏看著眼前美得頗具攻擊性的曹玥清，哪裡還有半點在怡心宮時的恬靜安樂？不禁在心底默默嘆了口氣。謝長風說得沒錯，路是她自己選的，既然她一心想要報仇，那誰都攔不住。

曹玥清沒想到會從陸雲箏眼底看到惋惜，忍不住移開目光，不敢再與之對視。然而這番舉動落到其他人眼裡，就是她一朝承恩，便不將陸雲箏放在眼裡了。

太后盯著好似變了個人一般的曹玥清，神情莫測。

煜太妃不緊不慢道：「既已承了寵，若還只是個美人，怕是不大合適，太后以為呢？」

太后淡淡道：「此事妳當與皇上說才是。」

煜太妃笑了笑，說道：「您才是這後宮當家做主的人，皇上政務繁忙，哪好拿這等瑣碎之事煩他？」

太后端起了茶盞，並未言語。

倒是曹琬心實在按捺不住，喊道：「不過是侍寢罷了！」

煜太妃臉上笑容未變，看也不看曹琬心，只道：「這裡哪有妳說話的分？」

曹琬心一張臉頓時脹得通紅，她看了太后一眼，見太后不為所動，只得用力咬了咬唇，跪下在地道：「臣妾不該多嘴，是臣妾錯了，還請太妃娘娘恕罪。」

煜太妃也端起了茶盞，不言不語，殿內的氣氛頓時彷彿凝住了。

太后終於開口道：「不過是承寵一次而已，急什麼？」

煜太妃看向曹玥清，曹玥清便走上前盈盈拜倒道：「稟太后娘娘，臣妾本月月信未至。」

一言激起千層浪，就連太后也變了臉色道：「宣太醫。」

在場幾乎所有人都在推算曹美人何時承恩、至今有幾日，猜測太醫請脈能否確定有孕。

陸雲箏知道謝長風那晚並未碰過曹玥清，那她是怎麼懷孕的？難道是為了懷孕去找個男人？不，太后或許會做這種事，但煜太妃不會。

那就是假孕了？不，不可能，後宮可不比其他地方，沒太醫會為了這種事連命都不要。假孕，那可是欺君之罪！

呂靜嫻不發一語地坐在那裡，表面看似平靜無波，眼底卻閃過各種情緒。曹美人竟然已經受孕？謝長風當真移情了？

也是，陸雲箏美是美，可他從小到大看了十餘年，再美也該厭煩了，自己當初不也是一直等著謝長風膩味？如今謝長風真的移了情，可那個人竟不是她！

呂靜嫻只覺得原本靜如止水的心湖又起了陣陣漣漪，隱約還有些許刺痛。她用力閉了閉眼，斂去萬千思緒。難受個什麼勁，最該心痛的人，不是陸雲箏嗎？

太醫來得很快，除了在宮裡當值的兩位以外，沈迷製藥的陸北玄也被同僚拉過來了，三人依次為曹美人請脈。

「如何？」太后問道。

「恭喜太后娘娘！」為首的太醫說道。

陸北玄低著頭垂下眼，無意識地搓了搓指尖。這脈象有點不對啊，但既然同僚沒瞧出來，那就這麼放著吧。反正皇上前幾日刻意叮囑過，只管為煜太妃解毒、提取青黴素，其他事不用多管。

對自家堂弟那個習慣性的小動作，陸雲箏看得一清二楚，頓時便知曹玥清懷孕一事有問題。

煜太妃再度提起為曹美人升位分一事，這次太后臉上有了幾分笑意。難怪這女人迫不及待把人接走護著，想來皇上早就悄悄臨幸過曹美人了，那天並不是第一次吧？

「那便升為昭容。」

見煜太妃似是不滿，太后淡淡道：「總要等肚子裡的平安生出來才是，莫要貪心。」

太后略一頷首，目光短暫與她相會。這個孩子，不能放在煜太妃手裡！

曹玥清垂首，緩緩行禮道：「謝太后娘娘恩典。」

陸雲箏一路上都在好奇曹玥清有孕是怎麼回事，可謝長風被她列為禁止往來戶，煜太妃那邊暫時不能去，陸北玄那臭小子又溜得太快，真是教人抓耳撓腮！

這副蹙眉沈思的模樣落在白芷眼裡，便成了自家主子黯然心傷。等陸雲箏回過神來，便對上了白芷那雙哭得跟桃子似的圓眼。

「娘娘，您別難過！」

陸雲箏不知道這小妮子又腦補了幾齣大戲，只得轉移話題，問道：「昨日製成的牙膏妳可試了？感覺如何？」

白芷抽噎兩聲，心知自家主子不願提及傷心事，便道：「試過了，很好用，洗得特別乾淨，過後還帶著香味。」

陸雲箏又問了其他人，得到的答覆都一樣，她想了想，說道：「給長公主送張帖子，請她入宮一趟。」

白芷應了差事，轉過身的時候，用力抹去眼角的淚水。娘娘這是想找點事讓自己分心，免得過於悲傷，那她也要忍住眼淚，不能惹娘娘傷心。

這麼好的娘娘，皇上不疼惜，卻有她愛惜，皇上遲早會後悔的！

謝長風已經後悔了，他著實沒料到煜太妃竟有這後手。「母妃，此事不妥。」

煜太妃倚在涼亭欄杆邊，隨手朝池塘撒了點魚食下去，看著魚兒爭相搶奪，她慢悠悠道：「瞧你身邊有太監換掉了，想必是查出皇后那些事了？」

謝長風搖搖頭道：「朕小瞧了她。」

瞧著他的模樣，煜太妃笑著說：「永遠不要小看女人，特別是愛慕你的女人。」

「朕覺得她愛的唯有她自己。」

「她不過是愛慕你的同時，又貪戀你的權勢罷了。」煜太妃道：「她牽扯的人太多，不只是你舅舅麾下的宗鶴鳴，京中亦有不少世家子弟是她的裙下之臣，連譚大人的得意門生都沒能逃過她的掌心，此人留不得。」

拿到暗衛交上來的訊息時，謝長風也很意外，他沒想到一個深居後宮的閨閣女子有這樣的能耐，難道她過去十餘年一直暗中到處勾搭？

「誰讓你早早定下箏兒，可不就讓她出盡了風頭？」煜太妃的目光有些悠遠。「少年愛慕，最是純情，偏她十有八九求而不得，只要給一丁點的念想，就會變成執念，為此不惜飛蛾撲火。」

謝長風冷冷道：「愚蠢。」

「曹昭容必須有孕，只有謀害皇嗣的罪名，才足以讓她退下后位。」煜太妃道：「或者，你捨得讓箏兒來？」

謝長風淡淡看了煜太妃一眼，答案不言而喻。

煜太妃說道：「母妃也捨不得。」

「孩子是怎麼回事？」

煜太妃笑得十分愉悅，說道：「母妃還當你不在意呢！」

謝長風抿了抿唇。

煜太妃只道：「放心，她還是處子之身。」

曹琬心回到宮裡，再也忍不住滔天怒火和恨意，砸了滿屋子的東西，這才稍稍消了氣道：「去請曹國公夫人入宮！」

她絕對不會容許那個賤人生下皇嗣！絕不！

雖與曹琬心的盛怒不同，然而此刻的鳳儀宮，呂靜嫻也是若有所思地望著窗外。

「娘娘……」身旁的嬤嬤輕輕喚了好幾聲。

呂靜嫻回過神應道：「嗯？」

「娘娘，太后娘娘下了加封的懿旨，皇上得知後，親自去了趟煜太妃那邊，賞給曹昭容不少好東西。」

呂靜嫻冷笑一聲道：「本宮還當皇上不在意呢。」畢竟陸雲箏可是實打實的三年無所出。

嬤嬤道：「皇上若是不在意子嗣，又怎會請太妃娘娘出面，親自把人接過去看著？」

呂靜嫻嗤笑道：「曹昭容可是太后的人，太妃此番怕是要為他人做嫁衣了。」

嬤嬤嘆道：「到底是皇上的子嗣。」

呂靜嫻被這一聲聲的「子嗣」刺得心尖泛疼。謝長風明知道她想要孩子，陸雲箏生不出來，他轉身竟就讓曹昭容懷上了！

「能平安生出來才是皇嗣，在肚子裡的，不過是一團肉罷了。」

聽到呂靜嫻這透出森然冷意的話，嬤嬤垂首，不敢再言。

「曹昭容她……當真有孕了？」

聽到這話，陸雲箏暗暗嘆了口氣。她是不知道別人宮鬥時是怎麼做的，可她是真心覺得藏了秘密實在難受。如今她跟長公主如此親近，卻不能同她說曹玥清肚子裡沒孩子。

半晌後，陸雲箏才乾巴巴擠出一句。「是，皇上總要有個子嗣。」

見她如此，謝敏莫名有些難過，暗惱自己蠢，一見面就拿這事來惹人傷心。

陸雲箏忙拿過一旁的木匣道：「姊姊，這幾日我製出了幾種牙膏，妳看看如何？」

謝敏瞧她一副不想多提的樣子，便將閒雜心思拋到腦後，仔細打量起這牙膏來。

「看起來比我那牙膏好多了，聞著也舒心，我試試。」

片刻後，謝敏漱洗回來，讚道：「當真不錯！有了這個，那人怕是要後悔重金換走我的方子了。」

陸雲箏笑道：「姊姊覺得行就好。」

「當然行！」謝敏又問：「這牙膏能否大量製作？」

陸雲箏將方子推過去道：「方子不難，只是需要用上研究院研製出來的純鹼。」

研究院成立之後不少人都在觀望，前幾日剛出了成效，謝長風就大肆封賞眾人，雖沒有高官厚祿，但那黃白之物也足夠撼動人心啊！

「要怎麼拿到純鹼？」

陸雲箏道：「我與皇上商量過了，純鹼從研究院購置就好，其他的我們自己做。」

這是早就考慮好的，研究院的成果能共享，但得出錢買下方子的使用權，或者直接購買成品。

到了這時候，其他人才明白謝長風當初為何那麼大方，原來竟是打算在這裡撈一筆！

只不過，對研究院的人來說，鹼是製出來了，可沒人知道該怎麼用啊，難道會有人花錢買？不料還真的有，長公主這不就來了？

當盛裝打扮的長公主走進研究院時，所有人都整了整衣襬，試圖甩去衣袖上不知何時蹭到的粉末，即便長公主此刻與他們隔了好幾面牆。

此時坐鎮研究院的，是慣會躲懶的崔鴻白。

謝敏見只有他一個人，也不繞圈子。「本公主是來購置純鹼的，崔大人只管開價。」

這可謂財大氣粗，與她全身珠光寶氣的打扮十分契合。

聽到這話，崔鴻白笑了。

是夜，崔鴻白笑道：「看來這鹼不是皇上想要，而是貴妃娘娘想要啊。」

話音剛落，卻見謝長風不緊不慢地拿出一物，放在桌上。

看到又有白皮書，德親王、譚懷魯、崔鴻白與伊正賢立刻站起身，就要伸手去拿，謝長風卻伸手蓋住書名，搖了搖頭。

崔鴻白暗示道：「研究院所得銀兩，入的都是皇上的私庫。」

誰讓當初皇上提出月俸由他出，大家都沒反對呢？這會兒自然也沒道理要把銀兩往國庫裡搬。

謝長風回道：「製鹼是為了天下百姓，而此物……暫且怕是只有達官貴人用得起。」

在場的都是人精，聽到這話，便懂了他的盤算，這是同那白玉潔膚膏一樣，瞄準的是世家貴族的錢袋子啊！

譚懷魯離宮的時候，時間已經很晚了，可回到府裡，卻發現自己的學生景旭然還在等他。

景旭然說道：「老師回來了。」

譚懷魯應了一聲，問道：「何事？」

景旭然是他最得意的門生，當年連中三元，殿試一舉奪魁，年紀輕輕已是翰林院學士。譚懷魯想過，若自己致仕，或許可推景旭然繼任，不過這孩子還太年少了，是以他有些猶豫。

「學生想辭官入研究院。」

「糊塗！」譚懷魯道：「研究院的位置連個閒差都稱不上，你前途大好，進去做什麼？」

「學生也想一睹孤本。」

譚懷魯道：「你不是已經看過了？」

「正因為看過，才越發覺得深奧。學生私以為，皇上既能拿出一本，自然能拿出更多，學生著實好奇。」

景旭然的心思，譚懷魯也懂，讀書人嘛，有幾個不愛書的？那《製鹼法》宛如一個全新的體系，引人入勝，再思及今晚那本《玻璃製作工藝》，就連他自己，不也心甘情願入了謝長風的套？

也罷。譚懷魯道：「辭官入研究院這等胡話莫再提，自明日起，散值後來尋我。」

景旭然面露喜色道：「學生多謝老師成全！」

第二日傍晚，除了德親王和伊正賢依舊是孤身一人，只見譚懷魯帶了景旭然，而崔鴻白身後亦跟了兩個年輕人，其中一人是崔子言，另一個也是崔家子弟，名叫崔子莊。

不同於謝長風只打算拿玻璃來掏錢袋子，身為戶部尚書的崔鴻白，看到了玻璃的用途能有多廣，自然更上心。

「子言和子莊並無官職在身，可全力研究此物。」崔鴻白討價還價道：「但玻璃製成後，獲利老夫要分三成。」

譚懷魯默默看著這隻老狐狸，腦中的念想來回滾了兩圈，終是沒出聲。他自己被套住了沒事，左右他有顆為民之心，但要不要送譚家後輩進來，還得再觀望觀望。

伊正賢垂眸不語。他會來，全是為了老師和師妹，就衝著謝長風近日做的事，他一天三頓罵都嫌少，更別提幫他賺錢了！

德親王很肉疼，崔鴻白這老匹夫張口就要了三成，可真敢啊……

謝長風思索了片刻，含笑應道：「可。」

《玻璃製作工藝》的謄抄本早就送到陸銘手裡，這會兒已經有了眉目。現在拿出來本就只是誘餌，能讓崔家上船，是意外之喜。

於是，在場幾人又開始了夜宿皇宮的日子。深夜結束探討後各自回房時，景旭然的目光不經意掃過後宮嬪妃住的方向，眼底是不可言喻的情愫。

第二十章　風雨將至

早朝的日子來臨了，一封奏摺打破了朝堂短暫的寧靜。

「孔將軍在邊關私下屯田已有千畝之多，不僅如此，他還從各處廣招人馬，那千畝良田，便是他招來的壯漢所開。」

眾人一驚，彷彿滾油入鍋，紛紛道——

「其心可誅，孔將軍這是想要擁兵自重嗎？」

「荒唐！自古以來，士兵屯田等同謀逆！」

「請皇上務必嚴查！」

大臣們義憤填膺，為首的那幾位卻非如此，曹國公和呂盛安不動如山，譚懷魯則是滿面肅容，似乎在思量什麼。

德親王簡直操碎了心，孔戟可是他姪子最大的倚靠了，他們顯然是要拖孔戟下水，這是要砍了他姪子的左膀右臂啊！

謝長風神色淡然，靜靜地看著眾大臣吵得不可開交。孔戟多年戰功擺在這裡，有人想拉他下來，自然也有武將想保住他，畢竟兔死狐悲。

終於有人問到御史大夫伊正賢頭上了，殿內頓時靜了片刻。

「伊大人以為如何？」

伊正賢回道：「孔將軍已有兩年多未回京，不如皇上召他返京，一問便知。」

謝長風淡淡出聲。「諸位大臣以為如何？」

「臣附議！」

「臣附議！」

謝長風道：「那便召孔將軍回京。」

陸雲箏這些日子難得清閒，牙膏的方子交給長公主之後，她就完全不用操心了。長公主的動作很快，當日就去同崔鴻白敲定了純鹼的買賣，隨後立刻安排人開始製作牙膏，不過幾天的工夫就在店裡出售了，效率真是沒話說！

透過系統，陸雲箏得知謝長風派人去幾處貧困之地大肆購置房地產，此外還買奴隸、請各種長短工，讓出現流民的機率又降低了一些。

之前交給季十五種的蔬菜水果種子，有一波快要收穫了，陸雲箏想到即將進帳的積分與快要到嘴的美食，每天都樂呵呵地等著。

讓她意外的是，系統居然也沒催她做任務或是在商城兌換東西，那她就心安理得地宅起來了。

【宿主積分值：零】

陸雲箏正窩在貴妃榻上放空，聽到系統這句話，忍不住翻了個白眼。

此時白芷忽然大喊道：「娘娘！皇上來了！」

陸雲箏猛地坐起身。他們可是有好一陣子沒見面了，還怪想念的呢……

「朕可沒覺出妳哪裡想著朕了。」

陸雲箏任由自己被抱進熟悉的懷抱裡，笑咪咪地說道：「因為知道皇上在忙正事，所以我才不打擾您嘛！」

「這些日子讓妳受委屈了。」

「我又不出宮，哪裡知道他們在說些什麼？」知道謝長風指的是什麼，陸雲箏不在意地笑著說：「皇上快跟我說說最近發生的事！」

「曹昭儀趁著太后召曹昭容去仁壽宮時想毒害她，被太后察覺了，這會兒正在閉門思過。」

陸雲箏道：「太后對她倒是縱容。」

「倒也不全是縱容，若是鬧開了，不僅曹昭儀性命難保，曹家也得被咬下一大塊肉，於太后無益。」

陸雲箏嘖嘖兩聲道：「怎麼就沒鬧開呢？」

謝長風笑著捏捏她的臉說：「還不到時候，不能打草驚蛇。」

陸雲箏品了品，半晌後才道：「母妃不是想對付太后嗎？她是故意放曹昭容去太后那邊的吧？」

謝長風不答，笑問：「沒人跟妳說宮裡發生的事？」

「都怪您沒事逗白芷做什麼，她現在認準了您是負心漢，又怕我傷心，不讓任何人跟我說外頭的事呢！」

謝長風埋首在陸雲箏頸脖間，悶聲發笑道：「是朕的錯，朕以後不逗她了。朕讓人每日送情報給妳，一丁點消息都不漏，可好？」

陸雲箏這才滿意，復又想起一事，問道：「曹昭容肚子裡的孩子是怎麼回事啊？」

謝長風在她耳邊輕聲道：「母妃手裡有假孕丹，服之與懷孕無異，只要多吃一些，腹部也會隆起。」

陸雲箏擔心地問道：「對身體有損嗎？」

「是藥三分毒。」

陸雲箏輕嘆一聲。這終究是她自己選擇的路，後果得全盤承受。

謝長風不願見她這般，低聲哄道：「朕好不容易來一回，陪朕說說話吧，妳都不知道，這些日子，伊正賢日日指著朕罵！」

陸雲箏被逗笑了，說道：「要不我給師兄寫封信，讓他悠著點罵？」

「罷了，讓他罵吧，妳讓朕多親幾下就好了。」

陸雲箏被親得手腳發軟，推了推他道：「玻璃做得如何了？」

「老師已經製出來了，朕傍晚得了信。」

陸雲箏很是驕傲地說：「爹爹真厲害！」

「嗯，老師厲害，他身邊能人亦多。」

「皇上打算如何？」

謝長風道：「老師準備去邊關開廠製玻璃，拉到關外去賣。京城這邊，就讓譚大人與崔大人他們幾個去做。」

陸雲箏輕笑道：「若是將來讓他們知道，得跟爹爹鬧吧？」

「反正這些人也不是第一次敗給老師，應當習慣了。」

語畢，兩人相視一笑。

「媽了個巴子，老子就知道那幫人沒安好心！」收到召孔戟回京的旨意，鄭衍忠罵道。

是啊，無事不登三寶殿，不然他們怎麼會跑來送糧草？往年可都是要等到立冬後才會送那麼一點芝麻爛穀子的過來！

孔戟道：「馬鈴薯收成之前，就靠這些糧草了，你去安排妥當。」

鄭衍忠再不開心還是應了，準備等一下去跟糧草官莫啟恩商量商量。

宗鶴鳴關切地問道：「將軍，皇上召您回京，您去是不去？」

孔戟抬頭道：「你以為呢？」

「我覺得還是不去為妙，京城那邊指不定打算怎麼對付您。」宗鶴鳴頓了頓，又道：「將在外，軍令有所不受，將軍不應召回京，也算不得大事。」

鄭衍忠心想：放屁！不受軍令，那也得在戰時這種特殊情況下才立得住腳，眼下邊關太平，鄰國自顧且不暇，將軍若公然抗旨，不是將現成的把柄往人家手裡遞嗎？

如今鄭衍忠對宗鶴鳴失望至極，正想張口罵兩句，卻被孔戟一聲輕笑打斷。

「便是龍潭虎穴，又能奈我何？」

宗鶴鳴似是有些意外——孔戟素來內斂，何時這般張揚？

孔戟又道：「不過是參我私下屯田，意圖謀逆。我問心無愧，何懼之有？」

對上孔戟的目光，宗鶴鳴下意識想轉過頭，卻生生忍住了，有些不自在地笑了笑。

孔戟像是不在意宗鶴鳴的反應，朝他說道：「你去問問大家，此番誰願與我一道回京。」

鄭衍忠搶話道：「我這就去！」

孔戟道：「讓鶴鳴去，你先安置好糧草。」

宗鶴鳴不疑有他，領命而去。

等他離開以後，鄭衍忠忍不住湊到孔戟身前，壓低了嗓音道：「將軍怎麼能讓他去？」

「為何不能？」

「您明知他……」說到一半，鄭衍忠突然明白了孔戟的意圖。「將軍此舉太冒險了！」

孔戟不語，提筆寫起摺子，末了擱下筆道：「先前讓你安排的人，此番回京時我都帶走。」

鄭衍忠道：「好，他們都在林子裡等著，到時候讓他們跟在您後頭……算了，還是我親自帶隊吧！」

「不必，有更要緊的事需要你去辦。」孔戟抽出另一封信道：「宗鶴鳴如果要反，此番回京是他唯一的機會，他必會帶心腹與我一道前去。等我們走了，你好好整治軍中一番，然後照書信裡的圖紙去製窯。」

見鄭衍忠一臉疑惑，孔戟與他對視幾眼，嘆了一聲道：「等我走了，你就將圖紙交給啟恩，讓他去安排。」

鄭衍忠不明就裡，卻老老實實應了。「好。」

孔戟想了想，又道：「待這個製成，咱們日後就再不缺銀兩了。」

鄭衍忠的眼睛瞬間亮了。「將軍放心，此事我一定給您辦得妥妥的！」

孔戟點了點頭。

「妳是沒看到，從我店裡開始賣牙膏和牙刷套裝起，那個人的鋪子就再無人問津，今日可算是閉門謝客了，真是解恨！」

陸雲箏一面翻著長公主送來的帳簿，一面聽她說話，臉上也帶了些許笑意。「明珠彈雀，得不償失。」

「可不是嗎？」謝敏笑咪咪地推來一個沈甸甸的木匣子道：「我近日發覺一樂趣，便想著也為妳帶了一匣子。」

陸雲箏打開木匣子，瞬間被金光晃了眼，她愣了一下，不由得失笑道：「姊姊的樂趣是數金葉子？」

謝敏伸手從木匣子裡抓了一把金葉子道：「每日數著店裡的進帳，真是其樂無窮，打造成金葉子就更得我心了。妳說，我名下有許多產業，怎就偏偏對那間鋪子愛不釋手呢？簡直恨不得日日親自坐鎮。」

陸雲箏笑道：「那是因為其他產業有人替姊姊打理，這間鋪子從一開始便是姊姊親力親為，親生的自然不一樣。」

謝敏笑得花枝亂顫道：「妳這丫頭可真會說，親生的！敢情其他產業都是我的繼子不成？」

陸雲箏笑著轉移話題道：「如今姊姊那邊的牙膏與牙刷產量如何？能否多勻我一

些？」

謝敏豪氣道：「妳要多少只管說。」

「我在京城外幾處地方也開了幾間鋪子，想要姊姊勻點牙膏跟牙刷來，好讓我拿去賣。」

「好說，只管去拿便是。」

陸雲箏卻道：「姊姊訂個價錢，我讓他們自個兒去採購。」

謝敏只頓了頓就明白了陸雲箏的意思，思量片刻後道：「那便在成本上加五成給妳，自家人，不必跟姊姊客氣。」

陸雲箏道：「成本價翻一倍吧，總要顧上月俸開銷不是？」

「依妳。」

陸雲箏又道：「姊姊，其實牙膏、牙刷和肥皂這類東西，我希望將來有一天，尋常百姓都能用上。」

聽到陸雲箏的嘴裡說出這種話，謝敏絲毫不意外，回道：「妳什麼時候想賣便宜一點，就同姊姊直說，這些東西成本不高，便是白送，姊姊也受得住。」

「眼下還不到時候，等時機到了，我保證姊姊店裡還會有其他好東西能賣！」

謝敏含笑應了。
眼看到了午時，陸雲箏的笑容裡帶了一絲狡黠。「今日讓姊姊嚐個新鮮的味道。」
謝敏挑了挑眉道：「妳種下的東西結果子了？」
「對，今日摘了幾根辣椒，味道有些辛辣，不知姊姊能不能承受。」
「就我上次瞧見的那個紅色小果子？」
「是。」
謝敏笑道：「那我倒真要好好嚐嚐。」
由於調味料與廚藝都有限，陸雲箏直接來了道爆炒辣椒，白芷和玉竹被嗆得眼睛跟鼻子都紅了。
等料理端上桌，長公主迫不及待就挾了一筷子，陸雲箏來不及提醒，只能眼睜睜看著長公主白皙的面龐一點點變紅，白芷和玉竹的目光瞬間湧上了同情。
陸雲箏忙端了涼水遞過去道：「快喝點水。」
不料謝敏張口第一句竟是：「好吃！」
莫非這辣椒不夠辣？抱著這樣的疑惑，陸雲箏也挾了一筷子，結果那火辣辣的滋味在舌尖炸開，好似一把火從唇上燒到喉嚨，然後又直衝腦門，感覺連頭皮都要炸開了。

謝敏看著陸雲箏把遞給她的涼水端回去自己喝了，不禁哈哈大笑道：「原來妳怕辣！」

陸雲箏眼淚汪汪地說：「我沒想到這辣椒如此嗆人。」

「妳自己種出來的，竟然不知道？」

陸雲箏真是有苦說不出。系統出品的辣椒，也太給力了……

最後，這盤爆炒辣椒大都進了長公主的肚皮，若非陸雲箏幾番勸阻，她怕是能一口氣吃完。

這日午後，長公主前腳剛走，謝長風後腳就來了。「那辣椒妳種了幾株？」

陸雲箏不明所以地回道：「有五株，但只有一株果實熟了，怎麼？」

「崔大人嚐了那爆炒辣椒，非要同朕討要。」

陸雲箏失笑道：「崔大人不怕辣？」

「何止是他，譚大人也覺得好吃，只是讓崔大人搶了先，他沒好意思開口罷了。」

陸雲箏道：「辣椒一株能結不少果實，回頭摘幾根送他們便是。記得告訴他們，辣椒雖好吃，卻也不能多食。」

「崔大人想要一株回去育種。」

陸雲箏眨了眨眼說：「那可不行，我還想著多種些，回頭留著賣錢呢！」

謝長風提議道：「不如讓崔大人去種，日後可以賣的時候咱們坐等分錢便是。」

崔鴻白掌管戶部多年，若真做起買賣，沒人是他的對手。

「那您把這株帶過去吧，我再給您一本《辣椒種植指南》。」

謝長風自是應了。

「對了，我剛同長公主商量好了牙膏與牙刷的價格，您派人去店裡採買便是。」

「好。」

陸雲箏又道：「其實今日番茄也熟了，但我想留著等您來了一道吃。」

謝長風心頭一軟，輕輕摸了摸她的頭道：「朕明日來陪妳用晚膳。」

「嗯。對了，舅舅回京了嗎？宗鶴鳴跟他一道回的？」

謝長風知道她在擔心什麼，輕聲道：「舅舅自有安排，別怕。」

陸雲箏點點頭。夢裡，孔戟是在離京路上被宗鶴鳴暗算的，不知這次宗鶴鳴打算何時動手？或者說，呂靜嫻打算何時動手……

「皇上只去坐了半個時辰就走了？」

「是，離開時帶走了一株植物，上面結了不少紅色的小果子，怪好看的，似乎是崔大人想要。」

呂靜嫻邊聽邊摩挲著扳指。自曹昭容承寵受孕以來，謝長風似乎就沒再在怡心宮留宿過，便是偶爾去一趟，也匆匆就走了，走的時候臉色都不太好看，想來他們兩人的感情確實出了嫌隙。

沒想到陸雲箏的脾性如此之大，謝長風身為堂堂一國之君，幾番低頭哄勸，她竟也不退讓，看來多年的偏愛讓她恃寵而驕，就是不知謝長風的耐心還剩多少了。

「曹昭容怎麼樣？」

「上次在仁壽宮，曹昭容似乎被曹昭儀的舉動嚇到了，眼見太后娘娘並未幫她做主，這些日子便一直跟在煜太妃身邊，寸步不離。太后娘娘幾次召見，均被煜太妃以曹昭容身子不適推拒了。」

「倒是學聰明了。」

呂靜嫻揮揮手讓人退下，接著便靠在軟榻上，合眼假寐。

曹玥清放下碗筷，無意識地摸了摸明顯鼓起一點點的肚子，摸到一半又頓住了。那假孕丹當真神奇，若非她知道自己還是處子，怕是都要相信自身有孕了。

然而，眼看時間不斷流逝，除了曹琬心那日漏洞百出的謀害，其他人竟毫無動靜，太后連番被拒絕也毫不惱怒。

裕太妃看出她的疑惑，說道：「謀害皇嗣可是抄家重罪，當然要想個萬全之策，等待最合適的時機才好動手。」

曹玥清稍稍鬆了心，回道：「是。」

煜太妃道：「那藥有些傷身子，妳要多吃點飯菜，將來才好調理。」

曹玥清輕聲說道：「臣妾這身子，無關緊要。」

「妳不在意，箏兒可還掛念著的。本宮既將妳接過來，日後總要好好地還回去。」

曹玥清心下微顫。沒想到到了今時今日，陸雲箏還惦記著她……她咬著唇，逼回眼底的淚花，重新端起了碗筷。

——未完，待續，請看文創風1064《箏服天下》下

2022年1月出版

食尚千金

文創風 1025～1027

既然世人皆知，她是錯養在相府的冒牌千金，
與其怨嘆命運弄人，不如努力活得比正牌還要出色，
在名門有貴女的優雅，回老鄉也有農家女的瀟灑～～

一雙巧手暖生香，滿腔摯情訴相思／霜月

在京城當不成名門閨秀，那就回鄉做她的農家女吧！
重活一世，被錯養成相府千金的消息一傳出，
她早就想好了退路，那就是遠離京城是非之地，
然後回鄉認親，當個平頭百姓，走在發家致富的路上！
人人皆誇她手巧，不只吃貨神醫歡喜地收她做徒弟，
就連在村中養病又嘴刁的六皇子也賞識她，成為開店大金主。
原本只是單純的合作夥伴關係，直到皇帝突然下旨指婚，
堂堂皇子的正妃，不選世家貴女，而要她區區一個農家女？
認真說起來，她只不過幫他煎了幾次藥、做了幾回吃食，
怎料一個峰迴路轉就發展成「以身相許」的階段了，
再看這位天之驕子從泡茶到煎藥都偏愛她來伺候，
這……到底是心悅她的人，還是心悅她的手藝啊？

2022年5月出版

吃飯娘子大

文創風 1061～1062

在這古代真是啥事都有！
大宅小院的糟心事，夏魚沒興趣也懶得管，
但看到惡鄰虐女，她怎樣都得插手幫一把，太欺負人了！
不過最讓她稱奇的是，金貴的螃蟹在古代竟成了沒路用的東西，
開玩笑，這螃蟹可是極品食材，她不好好利用，豈不太對不起廚師的頭銜了？

酣暢雋永，暖胃暖心／眠舟

對夏魚這個小廚師來說，要她燒燒火、炒炒菜是小事一樁，
她也以為日子會這樣順風順水地過，沒想到一次意外穿越古代，
一睜眼就要她沖喜嫁人，對象還是個家徒四壁的病癆子！
看相公一身病弱樣，要她拋夫離家實在不忍心，
那她就留下來幫他煮些料理補一補！
等他把病養好，她再跟他和離也不算無情了。
孰知她的算盤打得響，人生卻偏偏不照劇本走，
一些不屑跟她打交道的鄰居吃過她做的菜，變臉比翻書還快，
她在村子突然成了大紅人，人人搶著上門聞香，
俗話說飯香飄千里，這一飄就飄到城鎮裡，
一家人因緣際會搬到鎮上，火速擄獲貴人的胃，也結交不少知心好友，
看著賺得盆滿缽滿的銀子，夏魚只覺得美滋滋的，
豈料這紅火的名氣也引人覬覦，麻煩事接著上門……

為流浪貓狗加油 和貓寶貝 狗寶貝

廝守終生(一定要終生喔！)的幸福機會

對人來說，貓寶貝狗寶貝只是生活的一部分，但妳（你）對牠們來說，卻是生活的全部，領養前請一定要考慮清楚——

▲ 可甜可傻的雙蓮兄妹　蓮籽和蓮藕

性　　別：蓮籽是男生，蓮藕是女生

品　　種：米克斯

年　　紀：2歲多

個　　性：兩隻都天然呆、脾氣好

健康狀況：已施打兩劑預防針，有定期驅蟲

目前住所：新北市板橋區

本期資料來源：林姐中途喵屋

『蓮籽和蓮藕』的故事：

蓮籽

蓮藕

蓮籽哥哥和蓮藕妹妹是我們救援的孕貓當時生下的六胞胎之二（同胎都已送出），兄妹從小在志工們的關愛下長大，雖然膽小卻親人溫馴。為了幫牠們找到永久幸福的家，時常需跟著志工奔波跑送養會，所以看到外出籠都難免緊張啦！

個性溫和又穩定的兄妹幾乎沒脾氣，從小拍照總是一左一右自動靠在一起，好像只認定對方是唯一的同伴，難道是因為長相百分之九十九複製貼上嗎（笑）？所以，我們也捨不得這對朝夕相伴的手足被拆散送養，畢竟彼此有個伴比較快適應新環境，認養人也容易接手親訓。

「二哈」是兄妹給我們的印象，無師自通學開籠門、持續以後腿站立玩弄逗貓棒、時不時定格的專業素描模特，還很貼心地主動幫忙撕膠開箱包裹，是大家的開心果。當然也有反差萌的一面，會來磨蹭討摸，鎖定大腿再靜靜坐上好一會兒，就是這麼討人喜歡的個性，讓愛媽決心要幫牠們找到一輩子的家人。

想為自己的小日子添加傻眼、噴飯、噴飲料、嘴角下不來的……各種樂趣嗎？可先填寫自介https://reurl.cc/KpzYGp或林姐中途喵屋臉書私訊，務必來認識一下——臉上有顆西瓜籽的蓮籽和鼻孔有點點的蓮藕唷！

認養資格：

1. 認養人須年滿28歲以上，有工作能力，居住地以北北基、桃園為主，可以兩隻一起領養的家庭優先。
2. 飲食以早晚主食罐（濕食）搭配少量乾食。
3. 不關籠、不溜貓、不放養，並配合實施門窗安全防護措施。
4. 須同意簽認養寵物切結書。
5. 須同意送養人日後之追蹤家訪，對待蓮籽和蓮藕不離不棄。

來信請說明：

a. 個人基本資料：姓名、性別、年齡、家庭狀況、職業與經濟來源等。
b. 想認養蓮籽和蓮藕的理由。
c. 過去養寵物的經驗，及簡介一下您的飼養環境。
d. 若未來有結婚、懷孕、出國或搬家等計劃，將如何安置蓮籽和蓮藕？

週年慶 2022 我的甜蜜喜事

主角的路，我來走！ 5/9(8:30)~5/18(23:59)

新書首賣，歡喜價75折

文創風 1063-1064 霜月《箏服天下》全二冊

文創風 1065-1067 連禪《青梅一心要發家》全三冊

一花一葉，刻刻美好

75折 文創風1020-1062

7折 文創風968-1019

6折 文創風861-967

以下加蓋 正

- 每本 **100** 元 ▸▸ 文創風760-860
- 每本 **49** 元 ▸▸ 文創風001-759、花蝶/采花/橘子說全系列（典心、樓雨晴除外）
- 單本 **15** 元，2本 **25** 元 ▸▸ PUPPY331-534
- 每本 **10** 元，買 **2** 送 **1** ▸▸ PUPPY001-330、小情書全系列

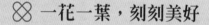

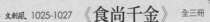

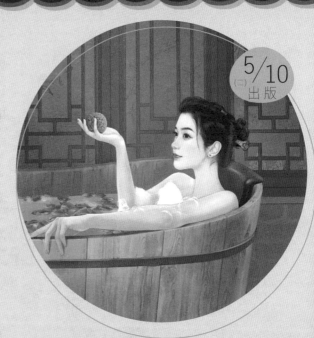

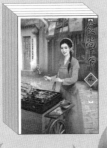

風 文創

1063

箏服天下 上

國家圖書館出版品預行編目資料

箏服天下 / 霜月著. --
初版. -- 臺北市 : 狗屋出版社有限公司, 2022.05
冊 ; 公分. --（文創風 ; 1063-1064）
ISBN 978-986-509-322-8（上冊 : 平裝）. --

857.7　　111005079

著作者	霜月
編輯	連宓均
校對	沈毓萍
發行所	狗屋出版社有限公司
地址	台北市104中山區龍江路71巷15號1樓
電話	02-2776-5889～0
發行字號	局版台業字845號
法律顧問	蕭雄淋律師
總經銷	知遠文化事業有限公司
電話	02-2664-8800
初版	2022年5月
國際書碼	ISBN-13　978-986-509-322-8

本著作物由北京晉江原創網絡科技有限公司授權出版

定價260元

狗屋劃撥帳號：19001626

網址：love.doghouse.com.tw　E-mail：love@doghouse.com.tw